D1623055

Frédéric Beigbeder

99 francs
(14,99 €)

Gallimard

Né à Neuilly-sur-Seine en 1965, Frédéric Beigbeder est aussi l'auteur de *L'amour dure trois ans, Nouvelles sous ecstasy* et *Windows on the World* (prix Interallié 2003).

Bruno Le Moult est parti.
Ce livre était pour lui.

Puisque c'est ainsi,

Je le donne à Chloë
Qui vient d'arriver.

« Il n'y a, bien entendu, aucune raison pour que les totalitarismes nouveaux ressemblent aux anciens. Le gouvernement au moyen de triques et de pelotons d'exécution, de famines artificielles, d'emprisonnements et de déportations en masse, est non seulement inhumain (cela, personne ne s'en soucie fort de nos jours) ; il est — on peut le démontrer — inefficace : et, dans une ère de technologie avancée, l'inefficacité est le péché contre le Saint-Esprit. Un État totalitaire vraiment "efficient" serait celui dans lequel le tout-puissant comité exécutif des chefs politiques et leur armée de directeurs auraient la haute main sur une population d'esclaves qu'il serait inutile de contraindre, parce qu'ils auraient l'amour de leur servitude. La leur faire aimer — telle est la tâche assignée dans les États totalitaires d'aujourd'hui aux ministères de la propagande, aux rédacteurs en chef de journaux et aux maîtres d'école. »

ALDOUS HUXLEY,
nouvelle préface au
Meilleur des mondes, 1946.

« On nous inflige
Des désirs qui nous affligent. »

ALAIN SOUCHON,
Foule sentimentale, 1993.

« Le capitalisme a survécu au communisme.
Il ne lui reste plus qu'à se dévorer lui-même. »

CHARLES BUKOWSKI,
Le capitaine est parti déjeuner
et les marins se sont emparés
du bateau, 1998.

THE NAMES HAVE BEEN CHANGED
TO PROTECT THE GUILTY.

I
Je

« Ce qu'on est incapable de changer,
il faut au moins le décrire. »

RAINER WERNER FASSBINDER

1

Tout est provisoire : l'amour, l'art, la planète Terre, vous, moi. La mort est tellement inéluctable qu'elle prend tout le monde par surprise. Comment savoir si cette journée n'est pas la dernière ? On croit qu'on a le temps. Et puis, tout d'un coup, ça y est, on se noie, fin du temps réglementaire. La mort est le seul rendez-vous qui ne soit pas noté dans votre organizer.

Tout s'achète : l'amour, l'art, la planète Terre, vous, moi. J'écris ce livre pour me faire virer. Si je démissionnais, je ne toucherais pas d'indemnités. Il me faut scier la branche sur laquelle mon confort est assis. Ma liberté s'appelle assurance chômage. Je préfère être licencié par une entreprise que par la vie. CAR J'AI PEUR. Autour de moi, les collègues tombent comme des mouches : hydrocution dans la piscine, overdose de cocaïne maquillée en infarctus du myocarde, crash de jet privé, cabrioles en cabriolet. Or cette nuit, j'ai rêvé que je me noyais. Je me suis vu couler, caresser les raies manta, les poumons remplis d'eau. Au loin, sur la

17

plage, une jolie dame m'appelait. Je ne pouvais lui répondre car j'avais la bouche pleine d'eau salée. Je me noyais mais ne criais pas au secours. Et tout le monde faisait pareil dans la mer. Tous les nageurs coulaient sans appeler à l'aide. Je crois qu'il est temps que je quitte tout parce que je ne sais plus flotter.

Tout est provisoire et tout s'achète. L'homme est un produit comme les autres, avec une date limite de vente. Voilà pourquoi j'ai décidé de prendre ma retraite à 33 ans. C'est, paraît-il, l'âge idéal pour ressusciter.

2

Je me prénomme Octave et m'habille chez APC. Je suis publicitaire : eh oui, je pollue l'univers. Je suis le type qui vous vend de la merde. Qui vous fait rêver de ces choses que vous n'aurez jamais. Ciel toujours bleu, nanas jamais moches, un bonheur parfait, retouché sur PhotoShop. Images léchées, musiques dans le vent. Quand, à force d'économies, vous réussirez à vous payer la bagnole de vos rêves, celle que j'ai shootée dans ma dernière campagne, je l'aurai déjà démodée. J'ai trois vogues d'avance, et m'arrange toujours pour que vous soyez frustré. Le Glamour, c'est le pays où l'on n'arrive jamais. Je vous drogue à la nouveauté, et l'avantage avec la nouveauté, c'est qu'elle ne reste jamais neuve. Il y a toujours une nouvelle nouveauté pour faire vieillir la précédente. Vous faire baver, tel est mon sacerdoce. Dans ma profession, personne ne souhaite votre bonheur, parce que les gens heureux ne consomment pas.

Votre souffrance dope le commerce. Dans notre jargon, on l'a baptisée « la déception post-achat ».

Il vous faut d'urgence un produit, mais dès que vous le possédez, il vous en faut un autre. L'hédonisme n'est pas un humanisme : c'est du cash-flow. Sa devise ? « Je dépense donc je suis. » Mais pour créer des besoins, il faut attiser la jalousie, la douleur, l'inassouvissement : telles sont mes munitions. Et ma cible, c'est vous.

Je passe ma vie à vous mentir et on me récompense grassement. Je gagne 13 000 euros (sans compter les notes de frais, la bagnole de fonction, les stock-options et le golden parachute). L'euro a été inventé pour rendre les salaires des riches six fois moins indécents. Connaissez-vous beaucoup de mecs qui gagnent 13 K-euros à mon âge ? Je vous manipule et on me file la nouvelle Mercedes SLK (avec son toit qui rentre automatiquement dans le coffre) ou la BMW Z8 ou la Porsche Boxter ou la Mazda MX5. (Personnellement, j'ai un faible pour le roadster BMW Z8 qui allie esthétisme aérodynamique de la carrosserie et puissance grâce à son 6 cylindres en ligne qui développe 321 chevaux, lui permettant de passer de 0 à 100 kilomètres/heure en 5,4 secondes. En outre, cette voiture ressemble à un suppositoire géant, ce qui s'avère pratique pour enculer la Terre.)

J'interromps vos films à la télé pour imposer mes logos et on me paye des vacances à Saint Barth' ou Lamu ou Phuket ou Lascabanes (Quercy). Je rabâche mes slogans dans vos magazines favoris et on m'offre un mas provençal ou un château périgourdin ou une villa corse ou une ferme ardéchoise ou un palais marocain ou un catamaran antillais ou un yacht tropézien. Je Suis Partout. Vous ne m'échapperez pas. Où que vous posiez les yeux, trône ma publicité. Je vous interdis de vous ennuyer. Je vous empêche de penser. Le terrorisme de la nouveauté me sert à vendre du vide. Demandez à n'importe quel surfeur : pour tenir à la surface, il est indispensable d'avoir un creux au-dessous. Surfer, c'est glisser sur un trou béant (les adeptes d'Internet le savent aussi bien que les champions de Lacanau). Je décrète ce qui est Vrai, ce qui est Beau, ce qui est Bien. Je caste les mannequins qui vous feront bander dans six mois. À force de les placarder, vous les baptisez top-models ; mes jeunes filles traumatiseront toute femme qui a plus de 14 ans. Vous idolâtrez mes choix. Cet hiver, il faudra avoir les seins plus hauts que les épaules et la foufoune dépeuplée. Plus je joue avec votre subconscient, plus vous m'obéissez. Si je vante un yaourt sur les murs de votre ville, je vous garantis que vous allez l'acheter. Vous croyez que vous avez votre libre arbitre, mais un jour ou l'autre, vous allez reconnaître mon produit dans le rayonnage d'un supermarché, et vous l'achèterez, comme ça, juste pour goûter, croyez-moi, je connais mon boulot.

Mmm, c'est si bon de pénétrer votre cerveau. Je jouis dans votre hémisphère droit. Votre désir ne vous appartient plus : je vous impose le mien. Je vous défends de désirer au hasard. Votre désir est le résultat d'un investissement qui se chiffre en milliards d'euros. C'est moi qui décide aujourd'hui ce que vous allez vouloir demain.

Tout cela ne me rend probablement pas très sympathique à vos yeux. En général, quand on commence un livre, il faut tâcher d'être attachant et tout, mais je ne veux pas travestir la vérité : je ne suis pas un gentil narrateur. En fait je serais plutôt du genre grosse crapule qui pourrit tout ce qu'il touche. L'idéal serait que vous commenciez par me détester, avant de détester aussi l'époque qui m'a créé.

N'est-il pas effarant de voir à quel point tout le monde semble trouver normale cette situation ? Vous me dégoûtez, minables esclaves soumis à mes moindres caprices. Pourquoi m'avez-vous laissé devenir le Roi du Monde ? Je voudrais percer ce mystère : comment, au sommet d'une époque cynique, la publicité fut couronnée Impératrice. Jamais crétin irresponsable n'a été aussi puissant que moi depuis deux mille ans.

Je voudrais tout quitter, partir d'ici avec le magot, en emmenant de la drogue et des putes sur une connerie d'île déserte. (À longueur de journée, je regarderais Soraya et Tamara se doigter en m'astiquant le jonc.) Mais je n'ai pas les couilles de démissionner. C'est pourquoi j'écris ce livre. Mon licenciement me permettra de fuir cette prison dorée. Je suis nuisible, arrêtez-moi avant qu'il ne soit trop tard, par pitié ! Filez-moi cent plaques et je déguerpis, promis-juré. Qu'y puis-je si l'humanité a choisi de remplacer Dieu par des produits de grande consommation ?

Je souris parce que, si ça se trouve, dès que ce livre sortira, au lieu d'être foutu à la porte, je serai augmenté. Dans le monde que je vais vous décrire, la critique est digérée, l'insolence encouragée, la délation rémunérée, la diatribe organisée. Bientôt on décernera le Nobel de la Provoc et je ferai un candidat difficile à battre. La révolte fait partie du jeu. Les dictatures d'autrefois craignaient la liberté d'expression, censuraient la contestation, enfermaient les écrivains, brûlaient les livres controversés. Le bon temps des vilains autodafés permettait de distinguer les gentils des méchants. Le totalitarisme publicitaire, c'est bien plus malin pour se laver les mains. Ce fascisme-là a retenu la leçon des ratages précédents (Berlin, 1945 et Berlin, 1989 — au fait, pourquoi toutes les barbaries sont-elles mortes dans la même ville ?).

Pour réduire l'humanité en esclavage, la publicité a choisi le profil bas, la souplesse, la persuasion. Nous vivons dans le premier système de domination de l'homme par l'homme contre lequel même la liberté est impuissante. Au contraire, il mise tout sur la liberté, c'est là sa plus grande trouvaille. Toute critique lui donne le beau rôle, tout pamphlet renforce l'illusion de sa tolérance doucereuse. Il vous soumet élégamment. Tout est permis, personne ne vient t'engueuler si tu fous le bordel. Le système a atteint son but : même la désobéissance est devenue une forme d'obéissance.

Nos destins brisés sont joliment mis en page. Vous-même, qui lisez ce livre, je suis sûr que vous vous dites : « Comme il est mignon, ce petit pubard qui crache dans la soupe, allez, à la niche, tu es coincé ici comme les autres, tu paieras tes impôts comme tout le monde. » Il n'y a aucun moyen d'en sortir. Tout est verrouillé, le sourire aux lèvres. On vous bloque avec des crédits à rembourser, des mensualités, des loyers à payer. Vous avez des états d'âme ? Des millions de chômeurs dehors attendent que vous libériez la place. Vous pouvez rouspéter autant que vous voulez, Churchill a déjà répondu ; il a dit : « C'est le pire système à l'exception de tous les autres. » Il ne nous a pas pris en traître. Il n'a pas dit le meilleur système ; il a dit *le pire*.

3

Ce matin à 9 heures, j'ai petit-déjeuné avec le Directeur du Marketing de la Division Produits Frais de Madone, l'un des plus grands groupes agro-alimentaires du monde (84,848 milliards de francs de chiffre d'affaires en 1998, soit 12,935 milliards d'euros), dans un bunker d'acier et de verre décoré à la Albert Speer. Pour entrer là-dedans, il faut montrer patte blanche : l'empire du yaourt est sous haute sécurité. Jamais produits laitiers n'ont été si bien protégés. Il ne manque plus que la date limite de fraîcheur au-dessus des portes automatiques. On m'a filé une carte magnétique pour accéder aux ascenseurs et ensuite j'ai traversé un sas avec des tourniquets métalliques comme dans le métro et tout d'un coup je me suis senti hyper-important, comme si j'allais rendre visite au Président de la République, alors que j'allais juste voir un vieux HEC en chemisette rayée. Dans l'ascenseur, je me suis récité un quatrain de Michel Houellebecq :

« Les cadres montent vers leur calvaire
Dans des ascenseurs de nickel
Je vois passer les secrétaires

Qui se remettent du rimmel. »

Et cela me faisait tout drôle de me sentir à l'intérieur d'un poème froid.

À la réflexion, il est exact que la réunion de ce matin était sans doute plus importante qu'une entrevue avec le Chef de l'État. C'était la réunion la plus importante de ma vie, puisqu'elle a déterminé tout le reste.

Au 8ᵉ étage chez Madone, tous les chefs de produit portent des chemisettes rayées et des cravates avec des petits animaux dessus. Le Directeur du Marketing terrorise ses grosses assistantes qui en font de la rétention d'eau. Son nom est Alfred Duler. Alfred Duler commence tous ses meetings par la même phrase : « Nous ne sommes pas ici pour nous faire plaisir mais pour faire plaisir au consommateur. » Comme si le consommateur était quelqu'un d'une autre race — un « untermensch » ? Il me donne envie de gerber : pour quelqu'un qui bosse dans l'alimentaire, c'est embêtant. Je l'imagine, le matin, en train de se raser, de nouer sa cravate, de traumatiser ses enfants avec son haleine, d'écouter *France-Info* vachement fort, de lire *Les Échos* en buvant son café debout dans la cuisine. Il ne touche plus sa femme depuis 1975 mais ne la trompe même pas (elle, si). Il ne lit qu'un livre par an, et en plus il est d'Alain Duhamel. Il enfile son costard, croit sincèrement jouer un rôle crucial au sein de son holding, possède une grosse Mercedes qui fait vroum-vroum dans les embouteillages et un cellulaire Motorola qui fait pilim-pilim dans son étui accroché au-dessus de l'autoradio Pioneer qui diffuse des messages pour Casto-Casto-Castorama, Mammouth écrase les prix, Choisissez bien choisissez But. Il est convaincu que le retour de la croissance est une bonne nouvelle alors que la croissance signifie seulement de plus en plus de production vaine, « une immense accumulation de marchandises » (Karl Marx), une montagne d'objets supplémentaires pour nous ensevelir. Il a la Foi. Il l'a appris dans la Haute École : en la Croissance tu Croiras. Produisons des millions de tonnes de produits entassés et nous serons heureux ! Gloire à l'expansion qui fait tourner les usines qui font grimper l'expansion ! Surtout ne nous arrêtons pas pour réfléchir !

Nous sommes assis dans une salle de réunion glauque comme il y en a dans tous les immeubles d'affaires du monde, autour d'une grande table ovale avec des verres de jus d'orange posés dessus et une esclave-secrétaire qui apporte un Thermos de café en baissant les yeux, dans l'odeur d'aisselles des réunions tardives de la veille.

Duler commence la réunion en précisant que « tout ce qui va être dit ici est confidentiel ; il n'y aura pas de chartes pour ce meeting ; ceci est une réunion de crise ; faudra voir le réachat mais je suis un peu inquiet des rotations ; un concurrent lance un me-too avec une grosse campagne ; selon des sources concordantes, ils auraient l'intention de nous piquer des parts de marché ; nous nous considérons comme attaqués ». En une fraction de seconde, tous les participants attablés se mettent à froncer les sourcils. Il ne manque plus que les casques kaki et les cartes d'état-major pour se retrouver dans *Le Jour le plus long*.

Après les commentaires météorologiques d'usage, Jean-François, le Directeur de Clientèle de notre agence, prend la parole pour résumer le brief, tout en projetant des transparents sur le mur avec un rétroprojecteur :

— Donc nous venons vous montrer un script de trente secondes pour défendre Maigrelette contre l'attaque des me-too distributeurs. Je rappelle l'objectif stratégique que nous nous étions fixé à la précédente réunion : « Dans un marché en érosion, Maigrelette innove et souhaite offrir une vision nouvelle du fromage blanc grâce à un nouveau pack ergonomique. »

Il relève le nez de ses fiches et change de transparent. Sur le mur, on peut lire ceci en caractères gras :

« Un constat en demi-teinte (suite) :

Émotionnel

Gourmand/irrésistible

Plaisir/Fashion   MAIGRELETTE   Minceur/Beauté

Sain/nutritionnel

Rationnel. »

Comme personne ne moufte, il continue de paraphraser ce qui a été tapé sur Word 6 par son assistante (dont l'enfant était en train d'attraper une otite à la crèche municipale) :

— Comme il avait été décidé le 23 avec Luc et Alfred, notre réflexion s'est appuyée sur le bénéfice conso : « Avec Maigrelette, je reste mince mais en plus je mange intelligent grâce à ses vitamines et son apport en calcium. » Sur ce secteur très encombré, la brand review nous a montré en effet qu'il fallait miser sur le double insight : beauté + santé. Maigrelette, c'est bon pour mon corps et pour mon esprit. La tête et les jambes en quelque sorte, ha ha hem.

Ce discours est le fruit de la réflexion du département planning stratégique (deux quadragénaires dépressives) et de ses sous-chefs de pub (sortis de Sup de Co Dijon). Il est surtout calqué sur les désirs et les goûts du client et sert à justifier a posteriori le script que j'ai pondu la veille au soir. Ici Jef s'arrête de rire car il se sent un peu seul. Il continue sa danse du ventre :

— Nous avons trouvé un concept fédérateur qui, je crois, tout en collant à la copy-strat, permet vraiment de conférer un maximum d'impact à la promesse produit, notamment au niveau du code visuel. Bon, eh bien, je laisse la parole à Octave.

Étant donné qu'Octave c'est moi, je suis bien obligé de me lever et de raconter le projet de film dans un silence de mort, en montrant le storyboard de douze images couleurs dessinées par un roughman surpayé.

— Bon ben, voilà : nous sommes sur la plage de Malibu, en Californie. Il fait un temps superbe. Deux sublimes blondes courent sur le sable en maillot de bain rouge. Tout à coup, l'une dit à l'autre : « L'exégèse onomastique se trouve en butte au rédhibitoire herméneutique. » L'autre répond : « Attention toutefois à ne pas tomber dans la paronomase ontologique. » Pendant ce temps, sur l'océan, deux surfeurs bronzés s'engueulent : « Sais-tu que Nietzsche fait un éloge complètement hédoniste de la natation dans *Ecce Homo* ? » L'autre rétorque, très fâché : « Pas du tout, il défend seulement le concept de "Grande Santé" en tant que solipsisme allégorique ! » Nous revenons sur la plage où les deux filles dessinent à présent des équations mathématiques sur le sable. Dialogue : « Si l'on prend comme hypothèse que la racine cubique de x varie en fonction de l'infini... » « Oui, dit l'autre, tu n'as qu'à subdiviser l'ensemble qui tendra vers l'asymptote. »

Le film s'achève sur un plan de la barquette Maigrelette avec cette signature : « MAIGRELETTE. ÊTRE MINCE REND INTELLIGENT. »

Le silence continue d'être silencieux. Le Directeur du Marketing regarde ses chefs de produit qui prennent des notes pour éviter d'avoir un avis. Jean-François tente un numéro de claquettes sans conviction :

— Bien sûr, il y a la signalétique « mm Madone » à la fin, cela va sans dire. Euh... Nous nous sommes

dit que ce serait intéressant de prendre des sym-
boles de la minceur et de les montrer en train
d'avoir des conversations très intellectuelles... En
plus, il faut savoir que les sports outdoor deviennent de plus en plus mainstream. Bon, et puis il y
aurait des déclinaisons possibles : des Miss France
qui se disputent à propos de géopolitique et
notamment à propos du traité de Brest-Litovsk
(1918) ; des Chippendales à poil qui glosent sur la
nudité en tant que libération corporelle et négation
de l'aliénation post-moderne, tout en montrant
leur musculature, etc. Marrant, non ?

Les sous-chefs se mettent à prendre la parole à
tour de rôle pour donner leurs commentaires :
« j'aime moyen », « j'adhère plutôt », « je suis pas
hyper-convaincu même si je capte bien l'idée »,
« c'est une piste à investiguer »... À noter que, tel
un perroquet, chaque participant répète exactement ce qu'a dit son inférieur hiérarchique. Jusqu'au moment où c'est Duler qui parle. Le grand
chef n'est pas d'accord avec ses subalternes :
— Pourquoi faire de l'humour ?
Après tout, Alfred Duler a raison : si j'étais lui,
moi non plus, je ne rirais pas. Réprimant la montée
de mon vomi, j'essaie d'argumenter :
— C'est bon pour votre marque. L'humour vous
rend sympathiques. Et c'est excellent pour la
mémorisation. Les consommateurs se souviennent
mieux de ce qui les fait rire : après ils se raconte-
ront la blague dans les dîners, les bureaux, les cours
de récréation. Regardez les comédies qui marchent

en ce moment. Les gens qui vont au cinéma, ils aiment s'amuser un peu...

Alfred Duler laisse alors tomber cette phrase immortelle :

— Oui, mais ils ne mangent pas la pellicule après.

Je le prie de m'excuser pour aller aux toilettes, en pensant : « Toi ma grosse merde, tu as gagné ta place dans mon livre. Tu y figureras en bonne place. Dès le troisième chapitre. ALFRED DULER EST UNE GROSSE MERDE. »

Tout écrivain est un cafteur. Toute littérature est délation. Je ne vois pas l'intérêt d'écrire des livres si ce n'est pas pour cracher dans la soupe. Il se trouve que j'ai été le témoin d'un certain nombre d'événements, et que par ailleurs, je connais un éditeur assez fou pour m'autoriser à les raconter. Au départ, je n'avais rien demandé. Je me suis retrouvé au sein d'une machinerie qui broyait tout sur son passage, je n'ai jamais prétendu que je parviendrais à en sortir indemne. Je cherchais partout à savoir qui avait le pouvoir de changer le monde, jusqu'au jour où je me suis aperçu que c'était peut-être moi.

4

En gros, leur idée c'était de détruire les forêts et de les remplacer par des voitures. Ce n'était pas un projet conscient et réfléchi ; c'était bien pire. Ils ne savaient pas du tout où ils allaient, mais y allaient en sifflotant — après eux, le déluge (ou plutôt, les pluies acides). Pour la première fois dans l'histoire de la planète Terre, les humains de tous les pays avaient le même but : gagner suffisamment d'argent pour pouvoir ressembler à une publicité. Le reste était secondaire, ils ne seraient pas là pour en subir les conséquences.

Une petite mise au point. Je ne suis pas en train de faire mon autocritique, ni une psychanalyse publique. J'écris la confession d'un enfant du millénaire. Si j'emploie le terme « confession », c'est au sens catholique du terme. Je veux sauver mon âme avant de déguerpir. Je rappelle qu'« il y aura plus de joie dans le ciel pour un seul pécheur qui se repent que pour quatre-vingt-dix-neuf justes qui n'ont pas besoin de repentir ». (Évangile selon saint Luc.) Désormais, la seule personne avec qui j'accepte de passer un contrat à durée indéterminée, c'est Dieu.

Je tiens à ce qu'on se souvienne que j'ai tenté de résister, même si je savais que participer aux réunions, c'était déjà collaborer. Rien que de t'asseoir à leur table, dans leurs morbides salles de marbre climatisées, tu participes au décervelage général. Leur vocabulaire belliqueux les trahit : ils parlent de *campagnes*, de *cibles*, de *stratégies*, d'*impact*. Ils planifient des *objectifs*, une *première vague*, une *deuxième vague*. Ils craignent la *cannibalisation*, refusent de se faire *vampiriser*. J'ai entendu dire que chez Mars (le fabricant de barres chocolatées qui porte le nom du dieu de la Guerre), ils numérotent l'année en 12 périodes de 4 semaines ; ils ne disent pas le 1er avril mais « P4 S1 » ! Ce sont des militaires, tout bonnement, en train de mener la Troisième Guerre mondiale. Permettez-moi de vous rappeler que si la publicité est une technique d'intoxication cérébrale qui fut inventée par l'Américain Albert Davis Lasker en 1899, elle a surtout été développée avec beaucoup d'efficacité par un certain Joseph Goebbels dans les années 1930, dans le but de convaincre le peuple allemand de brûler tous les juifs. Goebbels fut un concepteur-rédacteur émérite : « DEUTSCHLAND ÜBER ALLES », « EIN VOLK, EIN REICH, EIN FÜHRER », « ARBEIT MACHT FREI »... Gardez toujours cela à l'esprit : on ne badine pas avec la pub.

Il n'y a pas une grande différence entre consommer et consumer.

À un moment, j'ai cru que je pourrais être le grain de sable dans l'engrenage. Le rebelle dans le ventre encore fécond de la bête ; soldat de première classe dans l'infanterie du *global marketplace*. Je disais : « on ne peut pas détourner un avion sans monter dedans, il faut changer les choses de l'intérieur, comme disait Gramsci » (Gramsci fait plus chic que Trotski mais prône le même entrisme. J'aurais aussi bien pu citer Tony Blair ou Lionel Jospin). Cela m'aidait à accomplir le sale boulot. Après tout, les soixante-huitards ont commencé par faire la révolution, puis ils sont entrés dans la pub — moi, je voulais faire l'inverse.

Je m'imaginais comme une sorte de Che Guevara libéral, un révolté en veste Gucci. Tenez, j'étais le sous-commandant Gucche ! Viva el Gucche ! Excellente marque. Très bonne mémorisation. Deux problèmes au niveau du percept :
    1) elle sonne comme « Duce » ;
    2) le plus grand révolutionnaire du XXᵉ siècle n'est pas Che Guevara mais Mikhaïl Gorbatchev.
    Le soir, en rentrant dans mon gigantesque appartement, j'avais parfois du mal à m'endormir en pensant aux sans-logis. En fait c'est la coke qui me maintenait éveillé. Son goût métallique remontait dans ma gorge. Je me masturbais dans le lavabo avant d'avaler un Stilnox. Je me réveillais vers midi. Je n'avais plus de femme.

Je crois qu'à la base, je voulais faire le bien autour de moi. Cela n'a pas été possible pour deux raisons : parce qu'on m'en a empêché, et parce que j'ai abdiqué. Ce sont toujours les gens animés des meilleures intentions qui deviennent des monstres. Aujourd'hui je sais que rien ne changera, c'est impossible, il est trop tard. On ne peut pas lutter contre un adversaire omniprésent, virtuel et indolore. Contrairement à Pierre de Coubertin, je dirais qu'aujourd'hui l'essentiel, c'est de ne pas participer. Il faut foutre le camp comme Gauguin, Rimbaud ou Castaneda, voilà tout. Partir sur l'île déserte avec Angelica qui met de l'huile sur les seins de Juliana qui te pompe le dard. Cultiver son jardin de marijuana en espérant seulement qu'on sera mort avant la fin du monde. Les marques ont gagné la World War III contre les humains. La particularité de la Troisième Guerre mondiale, c'est que tous les pays l'ont perdue *en même temps*. Je vous annonce un scoop : David ne bat jamais Goliath. J'étais naïf. La candeur n'est pas une qualité requise dans cette corporation. Je me suis bien fait avoir. C'est, d'ailleurs, mon seul point commun avec vous.

5

J'ai dégueulé mes douze cafés dans les toilettes de Madone International puis je me suis tapé un trait pour me remettre d'aplomb. Je me suis aspergé le visage d'eau glacée avant de retourner en réunion. Pas étonnant qu'aucun créatif ne veuille travailler pour Madone. On n'y boit pas du petit-lait. Mais j'avais d'autres scénarios en réserve : je leur ai proposé un pastiche de *Drôles de dames* avec trois jolies femmes qui gambadent en braquant des pistolets vers la caméra sur une musique soul des années 70 ; elles arrêtent des malfaiteurs en leur récitant des poèmes de Baudelaire (prises de judo, coups de pied kung-fu, roulades et cabrioles à l'appui) ; l'une d'elles regarde alors l'objectif tout en tordant le bras d'un pauvre gangster qui gémit de douleur ; elle s'écrie :

— Nous n'aurions pas pu réaliser cette arrestation sans Maigrelette 0 % aux fruits. Pour être en forme physique et mentale !

Cette proposition n'a pas plus été couronnée de succès que les suivantes : une parodie de film hindou structuraliste, des James Bond Girls chez le psychanalyste, un remake de *Wonderwoman* par Jean-Luc Godard, une conférence de Julia Kristeva filmée par David Hamilton...

L'idiot du village global poursuivait sa diatribe contre l'humour :

— Vous les créas, vous vous prenez pour des artistes, vous ne pensez qu'à gagner des prix à Cannes, moi j'ai des comptes à rendre, je suis en Go/No Go sur ce truc-là, il faut déstocker en linéaire, on a des impératifs, vous comprenez, Octave, vous m'êtes très sympathique, vos blagues me font marrer, mais moi je ne suis pas la ménagère de moins de cinquante ans, on travaille sur un marché, il faut faire abstraction de notre propre jugement et s'adapter à notre cible, penser à la tête de gondole de Vesoul...

— Venise, ai-je rétorqué. Laissez les gondoles à Venise.

Le proctérien n'a pas ri. Il a embrayé sur une apologie des tests. Ses sous-fifres cravatés continuaient de gribouiller sur leurs blocs-notes.

— On a réuni vingt acheteuses et elles n'ont rien capté à vos délires : elles ne nous ont rien restitué. Ce qu'elles veulent, c'est de l'info, qu'on leur montre le produit et le prix, point barre. Et puis il est où mon key visual, là-dedans ? Vos idées créatives, c'est bien joli, mais moi, je suis un lessivier, j'ai besoin de quelque chose de déclinable en PLV ! Et comment je fais ma pub sur Internet ? Les Américains sont déjà en train d'inventer le « spam », c'est-à-dire l'envoi de promos par e-mail, et vous, vous raisonnez encore comme au XXe siècle ! Vous me la ferez pas ! J'ai fait l'école de la déterge, moi ! Le terrain, y a que ça de vrai ! Alors je suis prêt à acheter quelque chose d'étonnant mais en tenant compte de nos contraintes !

J'ai fait le maximum pour garder mon calme :

— Monsieur, permettez-moi de vous poser une question : comment voulez-vous étonner vos consommatrices si vous leur demandez leur avis auparavant ? Est-ce que par hasard vous demandez à votre femme de choisir la surprise que vous allez lui faire pour son anniversaire ?

— Ma femme déteste les surprises.

— C'est pour ça qu'elle vous a épousé ?

Jean-François a été pris d'une quinte de toux.

J'avais beau sourire poliment à Duler, je ne pouvais m'empêcher de songer à cette phrase d'Adolf Hitler :

« Si vous désirez la sympathie des masses, vous devez leur dire les choses les plus stupides et les plus crues. » Ce mépris, cette haine du peuple considéré comme une entité vague... Parfois, j'ai l'impression que, pour obliger les consommateurs à bouffer leurs produits, les industriels seraient presque prêts à ressortir les wagons à bestiaux. Puis-je hasarder trois autres citations ? « Ce que nous recherchons, ce n'est pas la vérité, c'est l'effet produit. » « La propagande cesse d'être efficace à l'instant où sa présence devient visible. » « Plus un mensonge est gros, plus il passe. » Elles sont de Joseph Goebbels (encore lui).

Alfred Duler poursuivait sa diatribe :

— On a un objectif qui est de fourguer

12 000 tonnes cette année. Vos filles qui courent sur la plage en parlant philo, c'est trop intello, c'est bien pour le Café de Flore, mais la consommatrice lambda elle y pigera que dalle ! Quant à citer *Ecce Homo*, moi je sais de quoi il s'agit, mais pour le grand public, ça risque de faire un peu pédé ! Non, franchement, il faut me retravailler tout ça, je suis désolé. Vous savez, chez Procter on a un dicton : « Ne prenez pas les gens pour des cons, mais n'oubliez jamais qu'ils le sont. »

— C'est atroce, ce que vous dites ! Cela veut dire que la démocratie conduit à l'autodestruction. C'est avec ce genre de maximes qu'on fera revenir le fascisme : on commence par dire que le peuple est con, ensuite on le supprime.

— Oh ! vous n'allez quand même pas nous ressortir le couplet du créatif rebelle. On vend du yaourt, on n'est pas là pour faire la révolution, qu'est-ce qu'il a aujourd'hui ? On ne t'a pas laissé rentrer aux Bains hier soir, c'est ça ?

L'ambiance devenait houleuse. Jean-François a tenté de dévier la conversation :

— Mais franchement, le décalage entre ces filles sexy qui parlent d'herméneutique platonicienne... ça exprime exactement ce que vous voulez dire : beauté et intellect... non ?

— La phrase est trop longue pour une bâche de camion, a tranché un des sbires binoclards.

— Puis-je vous rappeler le principe de la pub : créer un décalage humoristique (ce que l'on appelle « saut créatif » dans notre jargon) qui provoque le sourire chez le spectateur, installant ainsi une connivence, laquelle permet de vendre la marque ? D'ailleurs pour des soi-disant proctériens, votre stratégie est plutôt bancale, excusez-moi : minceur et intelligence, comme « unique selling proposition », ça se pose là !!

Jean-François m'a fait signe de ne pas insister. J'ai failli proposer « Madone über alles » comme signature mais je me suis dégonflé. Vous allez penser que j'exagère un peu, que ce n'est pas si grave. Mais regardez ce qui se joue dans la petite réunion de ce matin. Ce n'est pas juste une présentation de campagne anodine : c'est une réunion plus importante que les accords de Munich. (À Munich, en 1938, des chefs d'État français et anglais, Édouard Daladier et Neville Chamberlain, ont abandonné la Tchécoslovaquie aux nazis, comme ça, sur un coin de table.) Des centaines de réunions comme celle de chez Madone abandonnent le monde chaque jour. Des milliers de Munichs quotidiens ! Ce qui se passe là est essentiel : le meurtre des idées, l'interdiction du changement. Vous êtes en face d'individus qui méprisent le public, qui veulent le maintenir dans un acte d'achat stupide et conditionné. Dans leur esprit ils s'adressent à la « mongolienne de moins de cinquante ans ». Vous tentez de leur proposer quelque chose de marrant, qui respecte un peu les gens, qui tente de les tirer vers le haut, parce que c'est une question de politesse quand on interrompt un film à la télé. Et on vous en empêche. Et c'est toujours pareil, tout le temps, tous les jours, tous les jours... Des milliers de capitulations journalières, la queue basse dans des costumes de Tergal. Des milliers de « lâches soulagements » quotidiens. Petit à petit, ces centaines de milliers de meetings débiles organisent le triomphe de la connerie calculée et méprisante sur la simple et naïve recherche du progrès humain. Idéalement, en démocratie, on devrait avoir envie d'utiliser le formidable pouvoir de la communication pour faire bouger les mentalités au lieu de les écrabouiller. Cela n'arrive jamais car les personnes qui disposent de ce pouvoir préfèrent ne prendre aucun risque. Les annonceurs veulent du prémâché, prétesté, ils ne veulent pas faire fonctionner votre cerveau, ils veulent vous transformer en moutons, je ne plaisante pas, vous verrez qu'un jour ils vous tatoueront un code-barre sur le poignet. Ils savent que votre seul pouvoir réside dans votre Carte bleue. Ils ont besoin de vous empêcher de choisir. Il faut qu'ils transforment vos actes gratuits en actes d'achat.

La résistance au changement, c'est dans toutes ces salles de réunion impersonnelles qu'elle se pratique de la façon la plus violente. Le cœur de l'immobilisme réside dans cet immeuble, entre ces petits cadres à pellicules et talonnettes. On leur a confié les clés du pouvoir, personne ne sait pourquoi. Ils sont le centre du monde ! Les hommes politiques ne contrôlent plus rien ; c'est l'économie qui gouverne. Le marketing est une perversion de la démocratie : c'est l'orchestre qui gouverne le chef. Ce sont les sondages qui font la politique, les tests qui font la publicité, les panels qui choisissent les disques diffusés à la radio, les « sneak previews » qui déterminent la fin des films de cinéma, les audimats qui font la télévision, toutes ces études manipulées par tous les Alfreds Dulers de la terre. Plus personne n'est responsable, sauf les Alfreds Dulers. Les Alfreds Dulers tiennent les rênes, mais ne vont nulle part. Big Brother is not watching you, Big Brother is testing you. Mais le sondagisme est un conservatisme. C'est une abdication. On ne veut plus vous proposer quoi que ce soit qui puisse RISQUER de vous déplaire. C'est ainsi qu'on tue l'innovation, l'originalité, la création, la rébellion. Tout le reste en découle. Nos existences clonées... Notre hébétude somnambule... L'isolement des êtres... La laideur universelle anesthésiée... Non, ce n'est pas une petite réunion. C'est la fin du monde en marche. On ne peut pas à la fois obéir au monde et le transformer. Un jour, on étudiera à l'école comment la démocratie s'est autodétruite.

Dans cinquante ans, Alfred Duler sera poursuivi pour crimes contre l'humanité. Chaque fois que ce type emploie le mot « marché », il faut comprendre « gâteau ». S'il dit « Études de marché », cela veut dire « Études du gâteau » ; « économie de marché » signifie « économie du gâteau ». Cet homme est favorable à la libéralisation du gâteau, il veut lancer de nouveaux produits sur le gâteau, se lancer à la conquête de nouveaux gâteaux, et n'oublie jamais de préciser que le gâteau est mondial. Il vous hait, sachez-le. Pour lui, vous n'êtes que du bétail à gaver, des chiens de Pavlov, tout ce qui l'intéresse c'est votre fric dans la poche de ses actionnaires (les fonds de pension américains, c'est-à-dire une bande de retraités liftés en train de crever au bord des piscines de Miami, Floride). Et que tourne le Meilleur des Mondes Matérialistes.

J'ai prié Alfred de m'excuser à nouveau car je sentais que j'étais sur le point de saigner du nez. C'est le problème avec la cocaïne parisienne : elle est tellement coupée qu'il faut avoir les narines solides. Je sentais le sang affluer. Je me suis levé en reniflant à toute berzingue pour foncer aux chiottes et là, mon nez s'est mis à pisser comme jamais, il n'arrêtait pas de dégouliner, il y avait du sang partout, sur le miroir, sur ma chemise, sur le rouleau de serviette automatisé, sur le carrelage, et mes narines faisaient de grosses bulles rouges. Heureusement que personne n'est entré à ce moment-là, je me suis regardé dans la glace et j'ai vu mon visage ensanglanté, du rouge partout, sur le menton, la bouche, le col, le lavabo cramoisi, et j'avais du sang sur les mains — cette fois ça y est, ils avaient gagné, j'avais littéralement *du sang sur les mains* — et ça m'a donné une idée, alors j'ai écrit sur les murs de leurs chiottes « Pigs », « PIGS » sur la porte, et je suis sorti dans le couloir, pigs sur le contreplaqué, pigs sur la moquette, pigs dans l'ascenseur, et je me suis enfui, je crois que les caméras de surveillance doivent avoir immortalisé cet instant glorieux. Le jour où j'ai baptisé le capitalisme de mon propre sang.

6

Oups ! Le Président de mon agence vient d'entrer dans mon bureau. Il porte un pantalon blanc, un blazer marine avec une pochette blanche et des boutons dorés, une chemise à carreaux roses en vichy (évidemment). J'ai à peine eu le temps de faire disparaître ce texte de mon écran. Il m'a tapé sur l'épaule avec paternalisme : « Alors, ça usine sec ? » Philippe m'aime bien car il subodore que j'ai conservé une certaine distance avec ce métier. Il sait que sans moi il n'est rien — et c'est réciproque : moi, sans lui, adieu l'île déserte, la coke et les putes (Véronika alanguie sur Fiona engodée, avec moi dans Véronika). Il fait partie des gens que je regretterai quand je serai grillé avec l'ensemble de la publicité française dès la parution de cet opuscule. Il me paie cher pour me prouver son amour. Je le respecte parce qu'il a un plus grand appartement que moi. Là il me tape sur l'épaule bizarrement, et me souffle à l'oreille d'une voix tendue :

— Dis-moi... T'es fatigué en ce moment ?

Je hausse les épaules :

— Depuis que je suis né.

— Octave, tu sais qu'on t'adore ici. Mais fais un peu gaffe, il paraît que tu as pété un câble ce matin chez Madone. Duler m'a appelé pour gueuler et j'ai dû envoyer une équipe de nettoyage pour effacer tes œuvres d'art. Peut-être que tu devrais prendre du repos...

— Tu ne crois pas qu'il faudrait plutôt me virer ?

Philippe rigole, me tape encore dans le dos.

— Tout de suite les grands mots. Il n'en est pas question, on apprécie trop ton talent. Ta présence fait beaucoup de bien à la Rosse — tu sais que les Américains ont adoré les films Orangina-Cola et ta baseline « C'EST BEAUCOUP TROP WONDER-FUL » a obtenu un bon score Ipsos — mais simplement peut-être qu'il faut que tu ailles moins souvent chez le client, pas vrai ?

— Attends, j'ai été très calme : ce débile de Duler m'a sermonné avec le « spamming » sur le web, j'aurais très bien pu demander à Charlie de lui envoyer un virus « cheval de Troie » en pièce jointe par e-mail pour dézinguer son système. Ça lui aurait coûté plus cher qu'un ravalement des chiottes.

Philippe est sorti en gloussant très fort, signe chez lui qu'il n'a pas compris une vanne. Ce qui est néanmoins de bon augure pour mon licenciement, c'est que le pédégé soit venu me sermonner en personne parce que lui aussi aurait très bien pu le faire par cc-mail sur l'intranet. Les gens se parlent de plus en plus rarement ; en général, quand on se force à dire la vérité en face, c'est qu'il est PRESQUE trop tard.

7

Les gens me demandent souvent pourquoi les créatifs sont surpayés. Un pigiste qui met une semaine à rédiger un article pour *Le Figaro* va être payé cinquante fois moins qu'un rédac qui prend dix minutes pour pondre une affiche en free-lance. Pourquoi ? Tout simplement parce que le rédac fait un boulot qui rapporte plus de fric. L'annonceur dispose d'un budget annuel de plusieurs dizaines ou centaines de millions à dépenser en publicité. L'agence calcule ses honoraires en pourcentage de l'achat d'espace : en général une commission de 9 % (autrefois c'était 15 % mais les annonceurs se sont aperçus de l'arnaque). En réalité, les créatifs sont sous-payés par rapport à ce qu'ils rapportent. Quand on voit l'argent qui leur passe sous le nez, les sommes qu'ils permettent à leurs employeurs de brasser, en regard leur salaire paraît infime. D'ailleurs si un concepteur demande une faible rémunération, il sera pris pour un rigolo. Un jour, en sortant d'une réunion avec Marc Marronnier, je lui ai posé la question :

— Pourquoi tout le monde écoute Philippe et pas moi ?

— Parce que Philippe gagne 100 000 euros par mois, et pas toi.

Créatif n'est pas un métier où l'on doit justifier son salaire ; c'est un job où ton salaire te justifie. Comme chez les animateurs de télé, la carrière est très éphémère. C'est pourquoi un créatif touche en quelques années ce qu'un individu normal gagne en une vie entière. Il y a toutefois une différence de taille entre la pub et la télé : un créatif met un an à faire un film de trente secondes alors qu'un animateur télé met trente secondes à concevoir un programme d'un an.

Et puis, créatif n'est pas un boulot si facile. La réputation de ce métier souffre de son apparente simplicité. Tout le monde croit qu'il peut en faire autant. La réunion de ce matin vous donne pourtant une idée de la difficulté de ce job. Si nous poursuivons notre comparaison avec le pigiste du *Figaro*, le travail du créatif c'est un peu comme si son article était corrigé par le rédacteur en chef adjoint, puis le rédacteur en chef, puis le directeur de la rédaction, puis relu et modifié par tous les gens mentionnés dans son texte, puis lu en public devant un échantillon représentatif du lectorat du journal, avant d'être modifié à nouveau, le tout avec 90 chances sur 100 de ne pas être publié au bout du compte. Connaissez-vous beaucoup de journalistes qui accepteraient de subir pareil traitement ? C'est aussi pour ça que nous sommes si bien payés. Pour nous faire taire.

À un moment, il faut bien que quelqu'un fabrique les publicités que vous voyez partout : le Président de l'agence et ses directeurs commerciaux les vendent à leurs clients annonceurs, on en parle dans la presse, on les parodie à la téloche, on les dissèque dans les bureaux d'études, elles font grimper la notoriété du produit et ses chiffres de vente par la même occasion. Mais à un moment, il y a un jeune con assis sur sa chaise qui les a imaginées dans sa petite tête et ce jeune con il vaut cher, très cher, parce qu'il est le Maître de l'Univers, comme je vous l'ai déjà expliqué. Ce jeune con se situe à la pointe extrême de la chaîne productiviste, là où toute l'industrie aboutit, là aussi où la bagarre économique est la plus âpre. Des marques imaginent des produits, des millions d'ouvriers les fabriquent dans des usines, on les distribue dans des magasins innombrables. Mais toute cette agitation ne servirait à rien si le jeune con sur sa chaise ne trouvait pas comment écraser la concurrence, gagner la compétition, convaincre les acheteurs de ne pas choisir une autre marque. Cette guerre n'est pas une activité gratuite, ni un jeu de dilettante. On ne fait pas ces choses-là en l'air. Il se passe quelque chose d'assez mystérieux quand, avec Charlie, le directeur artistique assis en face de moi, nous sentons que nous avons trouvé une idée pour fourguer une fois de plus un produit inutile dans le panier de la ménagère pauvre. Tout d'un coup, on se regarde avec des yeux complices. La magie est accomplie : donner envie à des gens qui n'en ont pas les moyens d'acheter une nouvelle chose dont ils n'avaient pas besoin dix minutes auparavant. À chaque fois, c'est la première fois. L'idée vient toujours de nulle part. Ce miracle me bouleverse, j'en ai les larmes aux yeux. Il devient vraiment urgent que je me fasse lourder.

Mon titre exact, c'est concepteur-rédacteur ; ainsi appelle-t-on, de nos jours, les écrivains publics. Je conçois des scénarios de films de trente secondes et des slogans pour les affiches. Je dis « slogans » pour que vous compreniez mais sachez que le mot « slogan » est complètement has-been. Aujourd'hui on dit « accroche » ou « titre ». J'aime bien « accroche » mais « titre » est plus frime. Les rédacteurs les plus snobs disent tous « titre », je ne sais pas pourquoi. Du coup, moi aussi je dis que j'ai pondu tel ou tel « titre » parce que si tu es snob tu es augmenté plus souvent. Je bosse sur huit budgets : un parfum français, une marque de fringues démodées, des pâtes italiennes, un édulcorant de synthèse, un téléphone portable, un fromage blanc sans matière grasse, un café soluble et un soda à l'orange. Mes journées s'écoulent comme une longue séance de zapping entre ces huit différents incendies à éteindre. Je dois sans cesse m'adapter à des problèmes différents. Je suis un caméléon camé.

Je sais que vous n'allez pas me croire mais je n'ai pas choisi ce métier seulement pour l'argent.

J'aime imaginer des phrases. Aucun métier ne donne autant de pouvoir aux mots. Un rédacteur publicitaire, c'est un auteur d'aphorismes qui se vendent. J'ai beau haïr ce que je suis devenu, il faut admettre qu'il n'existe pas d'autre métier où l'on puisse s'engueuler pendant trois semaines à propos d'un adverbe. Quand Cioran écrivit : « Je rêve d'un monde où l'on mourrait pour une virgule », se doutait-il qu'il parlait du monde des concepteurs-rédacteurs ?

Le concepteur-rédacteur travaille en équipe avec un directeur artistique. Les directeurs artistiques aussi ont trouvé un truc pour faire snob : ils disent qu'ils sont « A.D. » (abréviation de « Art Director »). Ils pourraient dire « D.A. », mais non, ils disent « A.D. », l'abréviation britannique. Bon, je ne vais pas vous expliquer tous les tics de la pub, on n'est pas là pour ça, vous n'avez qu'à lire les vieilles bédés de Lauzier ou regarder à la télé (souvent le dimanche soir) les comédies des années 70, où le rôle du publicitaire est toujours interprété par Pierre Richard. À l'époque, la pub faisait rire. Aujourd'hui elle ne fait plus marrer personne. Ce n'est plus une joyeuse aventure mais une industrie invincible. Travailler dans une agence est devenu à peu près aussi excitant qu'être expert-comptable.

Bref, il est passé le temps où les pubeux étaient des saltimbanques bidon. Désormais ce sont des hommes d'affaires dangereux, calculateurs, implacables. Le public commence à s'en apercevoir : il évite nos écrans, déchire nos prospectus, fuit nos Abribus, tague nos 4 × 3. On nomme cette réaction la « publiphobie ». C'est qu'entre-temps, telle une pieuvre, la réclame s'est mise à tout régenter. Cette activité qui avait démarré comme une blague domine désormais nos vies : elle finance la télévision, dicte la presse écrite, règne sur le sport (ce n'est pas la France qui a battu le Brésil en finale de la Coupe du Monde, mais Adidas qui a battu Nike), modèle la société, influence la sexualité, soutient la croissance. Un petit chiffre ? Les investissements publicitaires des annonceurs en 1998 dans le monde s'élèvent à 2 340 milliards de francs (même en euros, c'est une somme). Je peux vous certifier qu'à ce prix-là, tout est à vendre — surtout votre âme.

8

Je me frotte les gencives, elles me démangent sans cesse. En vieillissant, j'ai de moins en moins de lèvres. J'en suis à quatre grammes de cocaïne par jour. Je commence au réveil, la première ligne précède mon café matinal. Quel dommage de n'avoir que deux narines, sinon je m'en enfilerais davantage : la coke est un « briseur de souci », disait Freud. Elle anesthésie les problèmes. Toute la journée, je mâche du chewing-gum sans chewing-gum. La nuit, je vais dans des soirées où personne ne me voit.

Pourquoi les Américains contrôlent-ils le monde ? Parce qu'ils contrôlent la communication. Je suis venu dans cette agence américaine parce que je savais que Marc Marronnier y bossait. L'agence s'appelle Rosserys & Witchcraft mais tout le monde dit « la Rosse ». C'est la filiale française du premier groupe mondial de publicité, fondé à New York en 1947 par Ed Rosserys et John Witchcraft (5,2 milliards de dollars de marge brute cumulée en 1999). L'immeuble a dû être construit dans les années 70 : à l'époque, le look « paquebot » était à la mode. Il y a une grande cour intérieure et des tuyaux jaunes un peu partout, le style hésite entre Beaubourg et Alcatraz, mais se situe à Boulogne-Billancourt, ce qui est moins classe que Madison Avenue. Autour des deux initiales géantes « R&W » qui trônent dans le hall, toutes les plantes vertes sont en plastique. Des mecs marchent vite avec des dossiers sous le bras. Des filles potables parlent dans des téléphones portables. Tous se sentent investis d'une mission : redorer le blason d'un papier toilette, lancer un nouveau potage en poudre, « consolider le repositionnement optimisé l'an passé sur le segment margarine », « explorer de nouveaux territoires sur le saucisson sec »... Une fois, il m'est arrivé de surprendre une commerciale enceinte qui pleurait dans un couloir. (Les commerciales se cachent pour pleurer.) J'ai joué le mec serviable, lui ai proposé un gobelet d'eau glacée, un Kleenex, une main au cul. Rien à faire : elle s'est forcée à sourire mais j'ai senti qu'elle avait honte de craquer devant quelqu'un.

— Cette nuit, j'ai rêvé que mes pieds marchaient tout seuls et qu'ils m'emmenaient à la Rosse. J'essayais de lutter mais ils étaient sur pilotage automatique... Mais ça va, je t'assure, c'est rien, ça va passer.

Elle m'a demandé de ne pas le répéter à son chef, m'assura qu'elle pétait le feu, que ça n'avait rien à voir avec son job mais que sa grossesse la fatiguait, voilà tout. Elle s'est remaquillée, puis a déguerpi au pas de course. C'est ainsi que je me suis aperçu que j'émargeais dans une secte inhumaine qui transformait les femmes enceintes en robots rouillés.

Marc Marronnier me tape dans la main pour me saluer.

— Salut fumiste ! Toujours en train d'écrire ton roman payé par l'agence pour détruire la pub ?

— Et comment ! C'est toi qui m'as tout appris !

Le pire c'est que c'est vrai. Marronnier est directeur de création de la Rosse et pourtant il publie des bouquins, passe à la télé, divorce, écrit des critiques littéraires dans un hebdomadaire à scandale... Il fait plein de trucs et encourage ses employés à en faire autant, soi-disant pour « s'aérer l'esprit » (mais moi je sais que c'est pour les empêcher de devenir dingues). Marronnier est un peu fini dans la profession mais à une époque c'était un sacré winner : Lions à Cannes, couverture de *Stratégies*, 1er Prix au Club des A.D... Il est l'auteur de plusieurs signatures assez connues : « ET VOUS, C'EST QUOI VOTRE TÉLÉPHONE ? » pour Bouygues Telecom, « QUITTE À AIMER LE SON, AUTANT AVOIR L'IMAGE » pour MCM, « REGARDEZ-MOI DANS LES YEUX, J'AI DIT LES YEUX » pour Wonderbra, « UNE PARTIE DE VOUS-MÊME EN MEURT D'ENVIE, L'AUTRE N'A QU'À FERMER SA GUEULE » pour Ford. La plus connue reste quand même « CAFÉ MAMIE. IL Y A SÛREMENT UN MEILLEUR CAFÉ. DOMMAGE QU'IL N'EXISTE PAS ». Putain, ça semble facile mais fallait le trouver, plus c'est simple plus c'est compliqué à débusquer. Les plus belles signatures sont d'une évidence désarmante : « IL FAUDRAIT ÊTRE FOU POUR DÉPENSER PLUS », « CE QU'IL FAIT À L'INTÉRIEUR SE VOIT À L'EXTÉRIEUR », « L'EAU, L'AIR, LA VIE », « DU PAIN, DU VIN, DU BOURSIN », « 100 % DES GAGNANTS ONT TENTÉ LEUR CHANCE », « CONJUGUONS NOS TALENTS », « LA VIE EST TROP COURTE POUR S'HABILLER TRISTE », « IL N'Y A QUE MAILLE QUI M'AILLE », « SEB C'EST BIEN », « C'EST POURTANT FACILE DE NE PAS SE TROMPER », « VOUS NE VIENDREZ PLUS CHEZ NOUS PAR HASARD », « PARCE QUE JE LE VAUX BIEN », « NE PASSONS PAS À CÔTÉ DES CHOSES SIMPLES », « QUELQUES GRAMMES DE FINESSE DANS UN MONDE DE BRUTES », « CE N'EST PAS PARCE QUE C'EST DÉJÀ FAIT QU'IL NE FAUT RIEN FAIRE » et bien sûr « JUST DO IT », la meilleure de l'Histoire du Business. (Quoique, à la réflexion, ma préférée reste : « HYUNDAI. PREPARE TO WANT ONE. » C'est la plus honnête. Autrefois quand on torturait les gens, on leur disait « tu vas parler » ; maintenant « tu vas vouloir ». La douleur est supérieure car plus lancinante.)

Marronnier connaît bien les coulisses du métier. C'est lui qui m'a appris les règles non écrites, celles qu'on ne vous enseignera jamais à Sup de Pub : je me suis amusé à les imprimer sur une feuille A4 que j'ai punaisée au-dessus de mon iMac.

LES DIX COMMANDEMENTS
DU CRÉATIF :

1) Un bon créatif ne s'adresse pas aux consommateurs mais aux 20 personnes à Paris susceptibles de l'embaucher (les directeurs de création des 20 meilleures agences de pub). Par conséquent, remporter un prix à Cannes ou au Club des AD est bien plus important que faire gagner des parts de marché à son client.

2) La première idée est la meilleure mais il faut toujours exiger trois semaines de délai avant de la présenter.

3) La pub est le seul métier où l'on est payé pour faire moins bien. Quand tu présentes une idée géniale et que l'annonceur veut l'abîmer, pense très fort à ton salaire, puis bâcle une bouse sous sa dictée en trente secondes chrono et rajoute des palmiers dans le story-board pour partir tourner le film une semaine à Miami ou au Cap.

4) Toujours arriver en retard aux réunions. Un créatif à l'heure n'est pas crédible. En entrant dans la salle où tout le monde l'attend depuis trois quarts d'heure, il ne doit surtout pas s'excuser mais dire plutôt : « Bonjour je n'ai que trois minutes à vous consacrer. » Ou alors citer cette phrase de Roland Barthes : « Ce n'est pas le rêve qui fait vendre, c'est le sens. » (Variante moins chic : citer « la laideur se vend mal » de Raymond Loewy.)

Les clients se diront qu'ils en ont pour leur argent. Ne jamais oublier que les annonceurs vont dans les agences parce qu'ils sont incapables d'avoir des idées, qu'ils en souffrent et qu'ils nous en veulent. C'est pourquoi les créatifs doivent les mépriser : les chefs de produit sont masochistes et jaloux. Ils nous paient pour les humilier.

5) Quand on n'a rien préparé, il faut parler le dernier et reprendre à son compte ce que les autres ont dit. Dans toute réunion, c'est toujours le dernier qui a parlé qui a raison. Ne jamais perdre de vue que le but d'une réunion est de laisser les autres se planter.

6) La différence entre un senior et un junior, c'est que le senior est mieux payé et travaille moins. Plus t'es payé cher, plus on t'écoute, et moins tu parles. Dans ce métier, plus tu es important, plus il faut la fermer — car moins tu causes, plus on te croit génial. Corollaire : pour vendre une idée au DC (Directeur de Création), le créatif doit SYSTÉMATIQUEMENT faire croire au DC que c'est le DC qui l'a eue. Pour cela, il doit commencer ses présentations par des phrases du type : « J'ai bien réfléchi à ce que tu m'as dit hier et... » ou « J'ai rebondi sur ton idée de l'autre jour et... » ou encore « Je suis revenu à ta piste initiale et... », alors que, bien sûr, il va de soi que le DC n'a rien dit hier, ni eu d'idée l'autre jour et encore moins défini de piste initiale.

6 bis) Autre moyen de reconnaître un junior d'un senior : le junior dit des blagues drôles qui ne font rire personne, alors que le senior sort des vannes pas drôles qui font rire tout le monde.

7) Cultive l'absentéisme, arrive au bureau à midi, ne réponds jamais quand on te dit bonjour, prends trois heures pour déjeuner, sois injoignable à ton poste. Si on t'en fait le moindre reproche, dis : « Un créatif n'a pas d'horaires, il n'a que des délais. »

8) Ne jamais demander son avis à personne sur une campagne. Si on demande son avis à quelqu'un, il risque TOUJOURS de le donner. Et une fois qu'il l'a donné, il n'est PAS IMPOSSIBLE que tu doives en tenir compte.

9) Tout le monde fait le travail de la personne du dessus. Le stagiaire fait le travail du concepteur qui fait le travail du DC qui fait le travail du Président. Plus tu es important, moins tu bosses (voir commandement 6). Jacques Séguéla a vécu vingt ans sur le dos de « la Force Tranquille » qui est une formule de Léon Blum récupérée par deux créatifs de son agence dont personne ne se souvient. Philippe Michel est connu du grand public pour les affiches « Demain j'enlève le haut, Demain j'enlève le bas » qui étaient une idée de son employé Pierre Berville. REFILE tout ton boulot à un stagiaire : si ça plaît, tu t'en attribueras le mérite ; si ça se plante, c'est lui qui sera lourdé. Les stagiaires

sont les nouveaux esclaves : non rémunérés, taillables et corvéables à merci, licenciables du jour au lendemain, apporteur de cafés, photocopieurs à pattes — aussi jetables qu'un rasoir Bic.

10) Quand un collègue créatif te soumet une bonne annonce, surtout ne pas montrer que tu admires sa trouvaille. Il faut lui dire qu'elle est nulle à chier, invendable, ou que c'est un vieux coup, déjà fait dix mille fois, ou pompé sur une vieille campagne anglaise. Quand il te montre une annonce nulle à chier, lui dire « j'adore l'idée » et faire semblant d'être très envieux.

Maintenant que Marronnier dirige la création de l'agence, il a oublié tous ses préceptes. Quand ses créatifs lui montrent une campagne, il grommelle « pônul » ou « pôsur ». « Pônul » signifie que ça lui plaît et qu'on sera promu avant la fin de l'année. « Pôsur » veut dire qu'il faut trouver autre chose sous peine d'être placardisé dans les plus brefs délais. Au fond, le travail de directeur de la création n'est pas très sorcier : il suffit de savoir marmonner correctement « pônul » et « pôsur ». Parfois, je me demande même si Marc ne prononce pas ses sentences au hasard, en tirant à pile ou face dans sa tête.

Il m'a contemplé avec un certain attendrissement avant d'interrompre ma rêverie :
— Paraît que t'as déconné ce matin chez Madone ?

Alors je lui ai sorti cette tirade tout en la tapant sur mon clavier pour vous permettre de la lire :

— Écoute, Marc, tu le sais, TOUS les créatifs deviennent cinglés : notre boulot est trop frustrant, on se fait tout jeter à la gueule, c'est de pire en pire. Le plus gros client de l'agence, c'est la poubelle. Qu'est-ce qu'on trime pour elle ! Regarde la tête résignée des vieux publicitaires, leurs yeux sans espoir. Au bout d'un certain nombre de créations refusées, on devient complètement désabusé, même si on fait semblant de s'en foutre, ça nous ronge. Déjà qu'on est tous des artistes ratés, en plus on nous force à ravaler notre amour-propre et remplir nos tiroirs avec des maquettes jetées. Tu me diras : c'est mieux que bosser à l'usine. Mais l'ouvrier sait qu'il fabrique quelque chose de tangible, tandis que le « créatif » doit assumer un titre ronflant, un nom ridicule qui ne lui sert qu'à brasser du vent et tapiner. D'ailleurs tous ceux qui bossent ici sont alcooliques, dépressifs ou drogués. L'après-midi ils titubent, vocifèrent, jouent au jeu vidéo pendant des heures, fument des pétards, chacun a sa méthode pour s'en tirer. J'en ai même vu un tout à l'heure qui jouait à faire le funambule sur une poutre à quinze mètres au-dessus du vide. Quant à moi, j'en ai plein le pif, mes dents grincent, mon visage est parcouru de tics et je sue des joues. Mais je proclame ceci au nom de cette cohorte souffreteuse : mon livre vengera toutes les idées assassinées.

Marronnier m'écoute avec compassion, tel le médecin qui s'apprête à annoncer à son patient que le résultat du test VIH est positif. À la fin de mon envoi, il touche.

— T'as qu'à démissionner, dit-il en sortant de mon bureau.

M'en fous, je persévérerai et ne démissionnerai pas. La démission, ce serait comme de déclarer forfait avant la fin d'un match de boxe. Je préfère finir K.-O. et qu'on m'emmène sur une civière. De toute façon il ment : personne ici ne me laisserait claquer la porte ; si je me barrais, comme dans la série *Le Prisonnier*, ils ne cesseraient de me questionner : « Pourquoi avez-vous démissionné ? » Je me suis toujours demandé pourquoi les dirigeants du Village posaient sans cesse cette question au Numéro 6. Aujourd'hui je sais. Parce que la grande interrogation du siècle est bel et bien celle-là, dans notre monde terrorisé par le chômage et organisé dans le culte du travail : « POURQUOI AVEZ-VOUS DÉMISSIONNÉ ? » Je me souviens qu'à chaque générique de la série, j'admirais le sourire narquois de Patrick McGoohan qui gueulait « je ne suis pas un numéro, je suis un homme libre ! ». Aujourd'hui nous sommes tous le Numéro 6. Nous nous battons tous pour être en CDI (Contrat de Dépendance Infinie). Et si on plaque son travail, à tout moment, sur l'île salvatrice, au milieu des putes cocaïnées, on risque de voir rebondir une grosse boule blanche sur la plage, chargée de nous ramener au bureau en rugissant : « POURQUOI AVEZ-VOUS DÉMISSIONNÉ ? »

9

En ce temps-là, on mettait des photographies géantes de produits sur les murs, les arrêts d'autobus, les maisons, le sol, les taxis, les camions, la façade des immeubles en cours de ravalement, les meubles, les ascenseurs, les distributeurs de billets, dans toutes les rues et même à la campagne. La vie était envahie par des soutiens-gorge, des surgelés, des shampooings antipelliculaires et des rasoirs triple lame. L'œil humain n'avait jamais été autant sollicité de toute son histoire : on avait calculé qu'entre sa naissance et l'âge de 18 ans, toute personne était exposée en moyenne à 350 000 publicités. Même à l'orée des forêts, au bout des petits villages, en bas des vallées isolées et au sommet des montagnes blanches, sur les cabines de téléphérique, on devait affronter des logos « Castorama », « Bricodécor », « Champion Midas » et « La Halle aux Vêtements ». Jamais de repos pour le regard de l'homo consommatus.

Le silence aussi était en voie de disparition. On ne pouvait pas fuir les radios, les télés allumées, les spots criards qui bientôt s'infiltreraient jusque dans vos conversations téléphoniques privées. C'était un nouveau forfait proposé par Bouygues Telecom : le téléphone gratuit en échange de coupures publicitaires toutes les 100 secondes. Imaginez : le téléphone sonne, un policier vous apprend la mort de votre enfant dans un accident de voiture, vous fondez en larmes et au bout du fil, une voix chante « Avec Carrefour je positive ». La musique d'ascenseur était partout, pas seulement dans les ascenseurs. La sonnerie des portables stridulait dans le TGV, dans les restaurants, dans les églises et même les monastères bénédictins résistaient mal à la cacophonie ambiante. (Je le sais : j'ai vérifié.) Selon l'étude mentionnée plus haut, l'Occidental moyen était soumis à 4 000 messages commerciaux par jour.

L'homme était entré dans la caverne de Platon. Le philosophe grec avait imaginé les hommes enchaînés dans une caverne, contemplant les ombres de la réalité sur les murs de leur cachot. La caverne de Platon existait désormais : simplement elle se nommait télévision. Sur notre écran cathodique, nous pouvions contempler une réalité « Canada Dry » : ça ressemblait à la réalité, ça avait la couleur de la réalité, mais ce n'était pas la réalité. On avait remplacé le Logos par des logos projetés sur les parois humides de notre grotte.

Il avait fallu deux mille ans pour en arriver là.

ET MAINTENANT UNE PAGE
DE PUBLICITÉ

LA SCÈNE SE PASSE À LA JAMAÏQUE.

TROIS RASTAS SONT ALLONGÉS SOUS UN COCO-TIER, LE VISAGE PLANQUÉ SOUS LEURS DREAD-LOCKS. ILS ONT VISIBLEMENT FUMÉ D'ÉNORMES JOINTS DE GANJA ET SONT COMPLÈTEMENT DÉ-FONCÉS. UNE GROSSE BLACK S'APPROCHE D'EUX EN S'ÉCRIANT :

— HEY BOYS, IL FAUT ALLER TRAVAILLER MAIN-TENANT !

LES TROIS REGGAE MEN NE BRONCHENT PAS. ILS SONT ÉVIDEMMENT TROP CASSÉS POUR LEVER LE PETIT DOIGT. ILS LUI SOURIENT ET HAUSSENT LES ÉPAULES MAIS LA GROSSE DONDON INSISTE :

— DEBOUT ! FINIE LA SIESTE ! AU BOULOT LES GARS !

COMME ELLE VOIT QUE LES TROIS «BROTHERS» NE BOUGENT TOUJOURS PAS, EN DÉSESPOIR DE CAUSE, ELLE BRANDIT UN POT DE DANETTE. EN VOYANT LA CRÈME DESSERT AU CHOCOLAT, LES TROIS RASTAMEN SE LÈVENT INSTANTANÉMENT EN CHANTANT LA CHANSON DE BOB MARLEY : « GET UP, STAND UP. » ILS DANSENT SUR LA PLAGE EN DÉGUSTANT LE PRODUIT.

PACKSHOT DANETTE AVEC SIGNATURE : « ON SE LÈVE TOUS POUR DANETTE. »

(Projet refusé par Danone en 1997.)

II
Tu

« On peut faire d'aussi précieuses
découvertes dans les *Pensées* de Pascal
que dans une réclame pour un savon. »

MARCEL PROUST

1

Ce soir, il fait nuit blanche. Depuis que Sophie est partie, tu t'ennuies toujours le week-end. Tu souffres d'un manque de soufre. Tu contemples *The Grind* sur MTV. Mille filles en bikini et tee-shirt trop court gigotent sur une piste de danse géante à ciel ouvert, sans doute sur South Beach à Miami. Des blacks baraqués les entourent de leurs abdomens aux carrés de chocolat luisants. L'émission n'a pas d'autre concept que la beauté plastique et la transpiration techno. Tout le monde doit avoir 16 ans pour toujours. Il faut être beau, jeune, sportif, bronzé, et sourire en rythme. S'écla-ter, d'accord, mais obéissant et discipliné sous le soleil. Tenue moulante exigée. *The Grind*, c'est un autre monde, la plage de la perfection, la danse de la pureté. Or Grind, en anglais, signifie BROYAGE. Ce jeunisme ordonné te rappelle *Le Triomphe de la volonté* de Leni Riefenstahl ou les sculptures d'Arno Breker.

De temps en temps, à l'arrière-plan, une fille qui ne sait pas qu'elle est filmée se met à bâiller, essoufflée. Puis la caméra s'approche et dès qu'elle aperçoit l'objectif, elle refait l'allumeuse, prend des poses d'actrice porno, suce ses doigts d'un air faussement innocent. Pendant une heure interminable, tu contemples ce fascisme balnéaire en sniffant ta coke. Pour ne plus saigner du nez, tu écrases longuement la poudre sur le miroir avec ta Carte « Premier ». Tu transformes les cristaux en sucre glace. Plus la poudre est fine, moins elle irrite les vaisseaux sanguins. Ta vie est sur des rails. Quand tu les aspires avec ta paille en or massif, tu renverses la tête en arrière pour solliciter le moins possible tes sinus. Dès que tu sens le goût dans ta gorge, tu bois un grand verre de vodka-tonic pour cesser d'éternuer sans arrêt. Après le rhume des foins, tu inaugures une nouvelle maladie : le rhume de coke (narines nécrosées, nez qui coule, tics de la mâchoire, Carte bleue corrodée à la tranche blanchie). Ainsi passes-tu le week-end au-dessus de toi-même.

Les drogues, tu les as vues se rapprocher de toi. Au début, tu en entendais seulement parler :

— On a pris de la Corinne tout le week-end.

Puis ce furent quelques amis d'amis qui en firent circuler :

— Tu veux du nez ?

Puis les amis de tes amis sont devenus tes dealers.

Ensuite l'un d'entre eux est mort d'une overdose, l'autre a fini en taule. Au début tu en as pris pour essayer, une fois de temps en temps, puis pour t'encanailler, tous les week-ends. Puis pour réessayer de rigoler, en semaine. Puis tu as oublié que ça servait à rigoler, tu t'es contenté d'en prendre tous les matins pour rester normal, et tu as envie de chier quand elle est coupée au laxatif, et ton nez te gratte quand elle est coupée à la strychnine. Tu ne te plains pas : si tu ne reniflais pas la poudre, tu serais obligé de faire du saut à l'élastique en combinaison vert fluo, ou du roller-blade avec des genouillères grotesques, ou du karaoké dans un restaurant chinois, ou du racisme avec des skinheads, ou de la gym avec des vieux beaux, ou du Loto sportif tout seul, ou de la psychanalyse avec un divan, ou du poker avec des menteurs, ou de l'Internet, ou du sado-masochisme, ou un régime amincissant, ou du whisky d'appartement, ou du jardinage de jardin, ou du ski de fond, ou de la philatélie urbaine, ou du bouddhisme bourgeois, ou du multimédia de poche, ou du bricolage de groupe, ou des partouzes anales. Tout le monde a besoin d'activités pour soi-disant « déstresser » mais toi tu vois bien qu'en réalité les gens ne font que se débattre.

Depuis que tu vis seul, tu te branles trop souvent devant des cassettes vidéo. Tu as tout le temps des bouts de Kleenex collés aux doigts. Quand tu as largué Sophie, tu lui as pourtant dit que tu préférais les putes.

— Je te suis fidèle : tu es la seule personne que j'ai envie de tromper.

Comment ça s'est passé déjà ? Ah oui, tu dînais avec elle au restaurant, quand soudain elle t'annonce qu'elle est enceinte de toi. Ce flashback n'est pas un bon souvenir. Soudain un long monologue, impossible à arrêter, est sorti de ta bouche. Tu lui as déblatéré ce que tous les mecs du monde rêvent de dire à toutes leurs femmes enceintes :

— Je voudrais tellement qu'on se quitte... Je te demande pardon... Je t'en supplie ne pleure pas... Je ne rêve que d'une chose c'est qu'on se sépare... Je crèverai seul comme une merde... Fous le camp, barre-toi, refais ta vie pendant que tu es encore jolie... Va-t'en loin de moi... J'ai essayé, crois-moi, j'ai essayé de tenir mais je n'y arrive pas... J'étouffe, je n'en peux plus, je ne sais pas être heureux... Je désire la solitude et des femmes passagères... Je veux voyager célibataire dans des villes étrangères... Je suis incapable d'élever un enfant car j'en suis un moi-même... Je suis mon propre fils... Chaque matin, je me donne la vie... Je n'ai pas eu de père, comment veux-tu que j'en sois un... Je ne veux pas de ton amour... Je...

Cela faisait beaucoup de phrases commençant par « je ». Sophie a répliqué :

— Tu es un monstre.

— Si je suis un monstre et que tu m'aimes, alors tu es aussi conne que la fiancée de Frankenstein.

Sophie t'a scanné, puis s'est levée de table pour sortir de ta vie sans reprendre sa respiration. Et c'est bizarre, quand elle est sortie en sanglotant, tu te rendais bien compte que c'était tout de même toi qui t'enfuyais. Tu as inspiré et expiré ; tu ressentais ce « lâche soulagement » qui suit toutes les séparations ; tu as noté sur la nappe en papier :

« les ruptures sont les Munichs de l'amour » et aussi : « Ce que les gens appellent tendresse, moi j'appelle ça : peur de se quitter » et encore : « Les femmes, c'est toujours comme ça : ou bien on s'en fout, ou bien on en a peur. » Quand tu ne t'en fous pas ça veut dire que tu es terrifié.

Quand une fille apprend à son mec qu'elle attend un enfant, la question que se pose IMMÉ-DIATEMENT le mec n'est pas : « Est-ce que je veux cet enfant ? » mais « Est-ce que je reste avec cette fille ? ».

Finalement, la liberté n'est qu'un mauvais moment à passer. Ce soir tu as décidé de retourner au Bar Biturique, ton lupanar favori. Les maisons closes sont supposées être interdites en France ; pourtant, rien qu'à Paris, on en dénombre une bonne cinquantaine. Là-bas, dès que tu entres, toutes les filles t'adorent. Elles ont deux grandes qualités :
1) Elles sont belles.
2) Elles ne t'appartiennent pas.
Tu commandes une bouteille de champ', sers la tournée, et soudain les voilà qui caressent tes cheveux, lèchent ton cou, insinuent leurs ongles dans ta chemise, frôlent ta braguette qui gonfle, susurrent des obscénités délicates dans le creux de ton oreille :
— T'es mignon, ce que j'ai envie de te sucer. Sonia, regarde comme il est joli ! J'ai hâte de voir sa tête quand il viendra dans ma bouche. Mets sa main dans ma culotte pour qu'il sente comme je

suis mouillée. J'ai le clitoris qui vibre, là, tu sens avec ton doigt comme ça pulse ?

Toi, tu les crois sur parole. Tu oublies que tu les paies. Au fond de toi, tu te doutes bien que Joanna se prénomme Janine mais tant que tu n'as pas joui, tu t'en moques. Te voilà coq en pâte chez les poules de luxe. Au sous-sol du Bar Biturique, tu biberonnes des tétines siliconées. Elles te maternent. De longues langues recouvrent ton visage. Tu te justifies à haute voix :

— Pour réparer sa voiture, mieux vaut faire appel à un garagiste. Pour construire sa maison, il est préférable de contacter un bon architecte. Si on tombe malade, on a intérêt à consulter un médecin compétent. Pourquoi l'amour physique serait-il le seul domaine où l'on n'ait pas recours à des spécialistes ? Nous sommes tous prostitués. 95 % des gens accepteraient de coucher si on leur proposait 1 500 euros. N'importe quelle nana te suce sans doute à partir de la moitié. Elle fera la vexée, ne s'en vantera pas devant ses copines, mais je pense qu'à mille tu en fais ce que tu veux. Et même pour moins. On peut avoir qui on veut, c'est juste une question de tarif : refuseriez-vous une pipe à un million, dix millions, cent millions ? La plupart du temps, l'amour est hypocrite : les jolies filles tombent amoureuses (sincèrement, croient-elles du fond du cœur) de mecs comme par hasard pleins aux as, susceptibles de leur offrir une belle vie de luxe. C'est pas pareil que des putes ? Si.

Joanna et Sonia approuvent tes raisonnements.

Elles sont toujours d'accord avec tes brillantes théories. Qui s'assemble, se ressemble — or toi aussi tu es vendu au Grand Capital.

Accessoirement, ces filles sont les seules capables de te faire durcir même avec le nez chargé à bloc et une capote sur le kiki, à l'heure où tu n'es plus capable que d'ânonner ceci :
— Ne regarde pas la paille qui est dans la narine du voisin mais plutôt la poutre qui est dans ton pantalon.

Tu joues le provocateur revenu de tout mais tu n'es pas comme ça. Tu ne vas pas voir les prostituées par cynisme, oh que non, au contraire, c'est par peur de l'amour. Elles te donnent du sexe sans sentiments, du plaisir sans douleur. « Le vrai est un moment du faux », a écrit Guy Debord — après Hegel — et ils étaient plus intelligents que toi. Cette phrase décrit bien l'atmosphère des bars à hôtesses. Avec les prostituées, le faux est un moment du vrai. Tu es enfin toi-même. En compagnie d'une femme dite « normale », il faut faire des efforts, se vanter, s'améliorer, donc mentir : c'est l'homme qui fait la pute. Tandis qu'au bordel, l'homme se laisse aller, ne cherche plus à plaire, à se montrer meilleur qu'il est. C'est le seul endroit faux où il est enfin vrai, faible, beau et fragile. Il faudrait écrire un roman intitulé « L'amour coûte 500 euros ».

Les filles de joie te coûtent cher afin de t'économiser. Tu es trop douillet pour risquer encore une fois de tomber amoureux avec tout ce qui s'ensuit : cœur battant, émotions fortes, déception soudaine, les Hauts de Hurlements. Pour toi rien n'est plus romantique que d'aller aux putes. Seuls les êtres vraiment sensibles ont besoin de payer pour ne plus risquer de souffrir.

Passé 30 ans, tout le monde se blinde : après quelques chagrins d'amour, les femmes fuient le danger, elles sortent avec de vieux cons rassurants ; les hommes ne veulent plus aimer, ils se tapent des lolitas ou des putains ; chacun s'est couvert d'une carapace ; on ne veut plus jamais être ridicule ni malheureux. Tu regrettes l'âge où l'amour ne faisait pas mal. À 16 ans tu sortais avec des filles et les larguais ou elles te quittaient sans gravité, en deux minutes c'était réglé. Pourquoi, plus tard, tout est-il devenu si important ? Logiquement, ce devrait être l'inverse : drames à l'adolescence, légèreté à la trentaine. Mais ce n'est pas le cas. Plus on vieillit, plus on est douillet. On est trop sérieux quand on a 33 ans.

Après, quand tu rentres chez toi, tu lexomiles et ne rêves plus. C'est seulement alors, mon pauvre garçon, que tu parviens, l'espace de quelques heures, à oublier Sophie.

2

Le lundi matin, tu te rends à la Rosse avec des pieds de plomb. Tu songes à l'impitoyable sélection du Marketing-Roi. Autrefois il existait soixante variétés de pommes : aujourd'hui n'en subsistent que trois (la golden, la verte et la rouge). Autrefois les poulets mettaient trois mois à être adultes ; aujourd'hui entre l'œuf et le poulet vendu en hypermarché s'écoulent seulement 42 jours dans des conditions atroces (25 bêtes par mètre carré, nourries aux antibiotiques et anxiolytiques). Jusque dans les années 70, on distinguait dix goûts de camemberts normands différents ; aujourd'hui au maximum trois (à cause de la normalisation du lait « thermisé »). Cela n'est pas ton œuvre mais cela est ton monde. Dans le Coca-Cola (un milliard et demi d'euros de budget publicitaire en 1997), on ne met plus de cocaïne mais il y a de l'acide phosphorique et de l'acide citrique pour donner l'illusion de la désaltération et créer une accoutumance artificielle. Les vaches laitières sont nourries avec du fourrage ensilé qui fermente et leur donne des cirrhoses ; on les alimente également d'antibiotiques qui créent des souches de bactéries résistantes, lesquelles survivent ensuite dans la viande vendue (sans mentionner les farines carnées qui provoquent l'encéphalite spongiforme bovine, on ne va pas revenir là-dessus, c'était dans tous les journaux). Le lait de ces mêmes vaches contient de plus en plus de dioxines, suite à la contamination de l'herbe broutée. Les poissons d'élevage sont nourris, eux aussi, de farines de poisson (aussi nocives pour eux que les farines de viande pour les bovins) et d'antibiotiques... En hiver, les fraises transgéniques ne gèlent plus grâce à un gène emprunté à un poisson des mers froides. Les manipulations génétiques introduisent du poulet dans la pomme de terre, du scorpion dans le coton, du hamster dans le tabac, du tabac dans la laitue, de l'homme dans la tomate.

Parallèlement, de plus en plus de trentenaires attrapent des cancers du rein, de l'utérus, du sein, de l'anus, de la thyroïde, de l'intestin, des testicules et les médecins ne savent pas pourquoi. Même les enfants sont concernés : augmentation du nombre de leucémies, recrudescence des tumeurs cérébrales, épidémies de bronchiolites à répétition dans les grandes villes... Selon le professeur Luc Montagnier, l'apparition du sida ne s'explique pas seulement par la transmission du virus VIH (qu'il a découvert) mais aussi par des cofacteurs « liés à notre civilisation » : il a mentionné « la pollution » et « l'alimentation », qui affaibliraient nos défenses immunitaires. Chaque année, la qualité du sperme diminue ; la fertilité humaine est menacée.

Cette civilisation repose sur les faux désirs que tu conçois. Elle va mourir et ce sera ta faute.

Là où tu travailles, beaucoup d'informations circulent : ainsi apprends-tu, incidemment, qu'il existe des machines à laver incassables qu'aucun fabricant ne veut lancer sur le marché ; qu'un type a inventé un bas qui ne file pas mais qu'une grande marque de collants lui a racheté son brevet pour le détruire ; que le pneu increvable reste aussi dans les tiroirs (et ceci au prix de milliers d'accidents mortels chaque année) ; que le lobby pétrolier fait tout ce qui est en son pouvoir pour retarder la généralisation de l'automobile électrique (et ceci au prix d'une augmentation du taux de gaz carbonique dans l'atmosphère entraînant le réchauffement de la planète, dit « effet de serre », probablement responsable de nombreuses catastrophes naturelles à venir d'ici à 2050 : ouragans, fonte de la calotte polaire, élévation du niveau de la mer, cancers de la peau, sans compter les marées noires) ; que même le dentifrice est un produit inutile puisque tout le soin dentaire réside dans le brossage, la pâte ne servant qu'à rafraîchir l'haleine ; que les liquides-vaisselle sont interchangeables et que d'ailleurs c'est la machine qui effectue tout le lavage ; que les Compact Discs se rayent autant que les vinyles ; que le papier d'aluminium est plus contaminé que l'amiante ; que la formule des crèmes solaires est restée inchangée depuis la guerre, malgré la recrudescence des mélanomes malins (les crèmes solaires ne protègent que contre les UVB mais pas contre les nocifs UVA) ; que les campagnes publicitaires de Nestlé pour fourguer du lait en poudre aux nourrissons du Tiers Monde ont entraîné des millions de morts (les parents mélangeant le produit avec de l'eau non potable).

Le règne de la marchandise suppose qu'on en vende : ton boulot consiste à convaincre les consommateurs de choisir le produit qui s'usera le plus vite. Les industriels appellent cela « programmer l'obsolescence ». Tu seras prié de fermer les yeux et de garder tes états d'âme par-devers toi. Oui, comme Maurice Papon, tu pourras toujours te défendre en clamant que tu ne savais pas, ou que tu ne pouvais pas faire autrement, ou que tu as essayé de ralentir le processus, ou que tu n'étais pas obligé d'être un héros... Reste que chaque jour, pendant dix ans, tu n'as pas bronché. Sans toi les choses auraient peut-être pu se passer autrement. On aurait sans doute pu imaginer un monde sans affiches omniprésentes, des villages sans enseignes Kienlaidissentout, des coins de rue sans fast-foods, et des gens dans ces rues. Des gens qui se parlent. La vie n'était pas obligée d'être organisée ainsi. Tu n'as pas voulu tout ce malheur artificiel. Tu n'as pas fabriqué toutes ces autos immobiles (2,5 milliards de bagnoles sur Terre en 2050). Mais tu n'as rien fait pour redécorer le monde. L'un des dix commandements de la Bible dit : « Tu ne feras point d'image taillée ni de représentation... et tu ne te prosterneras pas devant elles. » Tu es donc, comme le monde entier, pris en flagrant délit de

péché mortel. Et la punition divine, on la connaît :
c'est l'Enfer dans lequel tu vis.

— Vous avez un créneau pour que je vous
débriefe ou vous êtes overbookés ?

Jean-François, le commercial sur Madone, passe
une tête dans ton bureau.

— Charlie est à l'achat d'art, repasse plutôt en
début d'après-midi.

— OK, dit-il, tu te doutes qu'il faut qu'on en
remette une couche sur Maigrelette. Va falloir cal-
mer le jeu.

— La séduction, la séduction, tel est notre sacerdoce, il n'y a rien d'autre sur Terre, c'est le seul
moteur de l'humanité.

Il te contemple d'un drôle d'œil.

— Dis donc, tu es sûr que t'es bien reposé ce
week-end ?

— Je suis d'attaque pour une nouvelle semaine
en tant que Suppôt de la Société Spectaculaire. En
route vers le Quatrième Reich !

J.-F. s'approche de toi et fixe le bout de ton nez.

— Tu as un peu de blanc, là.

Il époussette ton pif poudré avec le revers de sa
manche, puis reprend :

— Je serai peut-être en rendez-vous à l'extérieur
tout à l'heure, mais de toute façon tu peux me
toucher sur mon portable.

— Mmm, Jef, j'adore te toucher sur ton portable.

Bientôt Charlie revient s'asseoir en face de toi.
Charlie est un rempart : il est aussi baraqué que tu
es fluet. Charlie est un homme heureux ou alors il

imite bien le bonheur. Il a une femme et deux enfants ; il envisage la vie sous un angle constructif — à chacun sa façon de conjurer l'absurdité universelle. Charlie te pardonne tes excès. Tu aimes Charlie car il te compense. Il fume des pétards pendant que tu t'insensibilises les dents. Il passe ses journées à dénicher les pires images ultra-pornographiques sur Internet : par exemple, une femme qui suce un cheval ; un type qui cloue ses testicules sur une planche en bois ; une très grosse dame fistée par un bras en plastique ; il trouve ça « distrayant ».

— Tu connais *The Grind* sur MTV ? Je pense qu'il y a un truc à faire avec cette foule pas sentimentale, cette esthétique de la surface, cet attroupement putassier.

Charlie t'approuve en roulant son pétard :

— Ah oui, elle n'est pas normale cette émission. On pourrait proposer à Maigrelette de la sponsoriser. Et pour faire la pub, on sélectionnerait des extraits de vingt secondes en y rajoutant leur logo en haut à droite, à la place de celui de MTV...

— Joli coup. On verrait les bellâtres et les pétasses en train de gigoter sur la chaîne « Maigrelette TV » ! On pourrait même asiler ça sur CNN ! Et relayer sur le terrain par des soirées événementielles co-brandées « Grind-Maigrelette » !

— Oui ! Et comme il existe des heures et des heures d'émission, on pourrait en diffuser chaque jour des morceaux différents : ce serait le premier spot de pub sans répétition !

— Excellent pour les retombées presse, ça. Note

ce que tu viens de dire pour le mettre sur le communiqué de lancement.

— OK, mais comment on introduit le bénéfice « Maigrelette rend beau et intelligent » ?

— J'y ai pensé. Alors écoute ça. On voit des centaines de jeunes qui dansent sur de la house, au bord de la piscine géante, sous le ciel bleu électrique. Et soudain, au bout de vingt secondes, une phrase apparaît : « MAIGRELETTE. ET ENCORE, VOUS NE LES AVEZ PAS ENTENDUS CAUSER. »

— Octave, t'es un génie !

— Non, Charlie, c'est toi le meilleur !

— Je sais.

— Moi aussi.

— Gros bisou.

— J'adore ce que tu fais.

— Non, j'adore ce que tu ES.

Ni une ni deux, tu rédiges le nouveau script, tandis que Charlie dégote une nouvelle vidéo sur le web : il s'agit d'un type qui a enfilé un godemichet au bout d'une perceuse ; il peut ainsi le faire vriller dans le vagin d'une adolescente pendant qu'elle suce son tampon périodique usagé. Distrayant, en effet.

Le lendemain tu montres le nouveau script à Marronnier qui opine du chef (normal, c'est lui, le chef) :

— Toujours aussi invendable, mais si ça vous amuse d'essayer, allez-y tête baissée. Tout ce que je te demande, Octave, c'est de ne pas recommencer tes graffitis à la Charles Manson au sein des locaux de notre clientèle bien-aimée.

Après, tu recontactes le commercial sur son téléphone insu-portable.

— Jean-François, on tient quelque chose.

— Youpêka !

(Il s'agit de la contraction de « youpi » et « eurêka ».)

— Mais il nous faut trois semaines de délai.

Silence à l'autre bout du sans-fil.

— Vous êtes cinglés les gars ? Je dois leur représenter quelque chose la semaine prochaine !

— Quinze jours.

— Dix.

— Douze.

— Onze.

— Envoyons-lui une VHS de l'émission cet après-midi, tranche Charlie. Chez Madone, ils vont être tellement épatés qu'on ait réagi si vite, qu'ils vont acheter l'idée sans réfléchir.

J.-F. ajoute que « c'est un discours très produit mais qui repose sur un discours marque fédérateur » (fin de citation). Toi, tu applaudis. On a beaucoup dit que les créatifs méprisaient les commerciaux et réciproquement. Ce n'est pas vrai : ils ont besoin les uns des autres, et dans une entreprise on n'aime que les individus dont on a besoin ; les autres, on fait leur connaissance à leur pot de départ. Charlie tient la forme. Et de toute façon, quand Charlie tranche, personne ne discute.

3

Sophie t'a dit au revoir comme si elle t'avait dit bonjour.

Tu déjeunes seul.

Autrefois tu avais trop d'amis et maintenant tu n'en as plus.

Cela veut dire que tu n'en as jamais eu.

Tu bois, ta veste pue la raclette.

C'est chouette.

« Laisse-moi te quitter, laisse-moi partir, laisse-moi redevenir un jeune connard », tu lui as dit.

Tu sors sans tes lunettes pour n'y voir qu'à un mètre.

La myopie est ton dernier luxe. Tout est merveilleusement flou comme dans un vidéo-clip.

Tout est surface.

Tiens-toi bien.

Tu es à la pointe de la société de consommation et à la cime de la société de communication.

Tu commandes un sushi de foie gras poêlé au poivre de Sichuan avec chutney de poire, sauce fond de veau, soja et vinaigre balsamique.

Devant toi, une fille sourit.

Tu l'aimes. Elle ne le saura jamais.

Flûte.

C'était une belle minute.

Accoudé au bar, tu rêves de femmes nouvelles. Tu as mis du temps à savoir ce que tu voulais dans la vie : la solitude, le silence, boire, lire, te droguer, écrire et, de temps en temps, faire l'amour avec une très jolie fille que tu ne reverras jamais.

Or c'était l'heure où les créatifs se font sucer. En passant par le bois de Boulogne, tu t'arrêtes pour acheter une fellation sans capote. Vingt minutes après, tu es de retour à l'agence.

— Virez-moi !

Dans le hall de la Rosse, tu hurles mais personne ne t'écoute.

— Virez-moi !

Quelques stagiaires éclatent de rire en te montrant du doigt, ils croient que tu plaisantes, en profitent pour fayoter en s'esclaffant à tes facéties pathétiques.

— Virez-moi !

Mais dans l'open-space, personne ne t'entend crier. Et, à un moment, tu comprends pourquoi ils gloussent tous : il y a des traces de rouge à lèvres sur la braguette de ton jean blanc.

On répète tes phrases à la télé toute la journée : « N'INNOVEZ PAS, IMITEZ », « POURQUOI VIVRE SANS KRUG ? », « SALOPE. LE PARFUM QU'ON AIME DÉTESTER », « RADIO NOVA, C'EST TOUT LE TEMPS PAS PAREIL », « KENZO

JUNGLE. ESSAYEZ UN PEU DE L'APPRIVOISER »,
« VIAGRA. ARRÊTEZ LE BRIDGE », « EURO-
STAR. POURQUOI ALLER DE ROISSY À HEATH-
ROW QUAND ON PEUT ALLER DE PARIS À
LONDRES ? », « CANDEREL. T'ES BELLE, T'ES
MINCE, T'ES TOI », « BOUYGUES TELECOM.
VOUS AVEZ DEMANDÉ LE FUTUR ? NE QUITTEZ
PAS », « LACOSTE. DEVIENS TES PARENTS »,
« CHANEL N° 5. PRÊT À PORTER PARTOUT ».

— Virez-moi !
Tu veux être allongé sur une pelouse et pleurer
en regardant le ciel. La publicité a fait élire Hitler.
La publicité est chargée de faire croire aux citoyens
que la situation est normale quand elle ne l'est pas.
Comme ces aboyeurs nocturnes du Moyen Âge, elle
semble crier continuellement : « Dormez, braves
gens, il est minuit, tout va bien, du pain du vin du
Boursin, du beau, du bon, Dubonnet, vas-y, Wasa,
Mini-Mir, Mini-Prix, mais il fait le maximum. »
Dormez, braves gens. « Tout le monde est malheureux dans le monde moderne », a prévenu Charles
Péguy. C'est exact : les chômeurs sont malheureux
de ne pas avoir de travail, et les travailleurs d'en
avoir un. Dormez tranquilles, prenez votre Prozac.
Et surtout ne posez pas de questions. Hier ist kein
warum.

Il faut reconnaître que ce qui se passe à la surface de cette planète n'est pas très important à
l'échelle de l'univers. Ce qui est écrit par un terrien
sera juste lu par un autre terrien. Il est probable

que les galaxies s'en foutent de savoir que le chiffre d'affaires de Microsoft équivaut au PNB de la Belgique et que la fortune personnelle de Bill Gates est évaluée à 100 milliards de dollars. Tu travailles, tu t'attaches à des êtres, tu aimes quelques endroits, tu t'agites sur un caillou qui tourne dans le noir. Tu pourrais rabattre tes prétentions. T'es-tu rendu compte que tu n'étais qu'un microbe ? Y a-t-il un Baygon contre un insecte nuisible comme toi ?

Tu n'écoutes que des disques de suicidés : Nirvana, INXS, Joy Division, Mike Brant. Tu te sens vieux parce que tu es tout content d'écouter des 30 cm en vinyle. En France, il y a 12 000 suicides par an, ce qui fait plus d'un suicide par heure, pendant toute l'année. Si vous lisez ce livre depuis une heure, PAN, un mort. Deux heures si vous lisez lentement ? PAN, PAN. Et ainsi de suite. 24 cadavres volontaires par jour. 168 interruptions volontaires de vie par semaine. Mille morts choisies chaque mois. Une hécatombe dont personne ne parle. La France est une secte du Temple Solaire géante. Selon un sondage de la Sofres, 13 % des Français adultes ont « déjà envisagé sérieusement » de se tuer.

Tu consultes chaque matin quatre messageries : le répondeur téléphonique de ton domicile, celui de ton bureau, la boîte vocale de ton téléphone portable, et les e-mails de ton iMac. Seule ta boîte aux lettres reste désespérément vide. Tu ne reçois plus de lettres d'amour. Tu ne recevras plus jamais de feuilles de papier couvertes d'une calligraphie timide et imprégnées de larmes et parfumées par amour et pliées avec émotion avec l'adresse soigneusement recopiée sur l'enveloppe, comportant une apostrophe au facteur : « Ne te perds pas en route, ô facteur, porte cette missive importante à son destinataire tant désiré... » Les gens se tuent parce qu'ils ne reçoivent plus que des publicités par la poste.

Tu cèdes à la tentation des UV. Dès que tu es déprimé, c'est-à-dire tout le temps, tu te payes une séance d'ultraviolets. Ce qui fait que plus tu as le cafard, plus tu es bronzé. La tristesse te donne bonne mine. Le désespoir est ton coup de soleil. Comment déceler que tu es malheureux ? Ton visage pète le feu. Tu crois qu'être bronzé permet de rester jeune, alors que c'est tout le contraire : on reconnaît les vieux croûtons à leur hâle permanent. De nos jours, seuls les vieillards ont le temps de se dorer la pilule. Les jeunes sont pâles et inquiets tandis que les vieux sont bronzés et souriants (leur retraite étant payée par les premiers). Ressembler à Jacques Séguéla, c'est ça que tu cherches ? Les UV vont finir par te griller.

C'était à Méga-Rail, faubourg de partage... L'excuse de la cocaïne. Il y a beaucoup de choses que tu n'aurais jamais osées sans elle, comme de larguer Sophie ou d'écrire pareil calembour. La coke a bon dos. En tapant ce livre sur ton ordinateur, tu te prends pour un agent secret infiltré dans le noyau du système, une taupe chargée d'espionner en sous-marin les rouages de l'intoxication d'opinion. (Après tout, la CIA n'est-elle pas, elle aussi, une Agence ?) À la fois mercenaire et espion, tu amasses les informations top secret sur ton disque dur. Si jamais tu te fais prendre, on te torturera jusqu'à ce que tu restitues les microfilms. Tu ne parleras pas, tu accuseras la drogue. Quand on te passera au détecteur de mensonges, tu jureras tes grands dieux que tu ne fus dans toute cette mésaventure qu'une... sentinelle.

Tu croises tous les jours en bas de chez toi un SDF qui te ressemble. C'est ton sosie : maigre, grand, pâle, les joues creuses. C'est toi avec une barbe, toi sale, toi mal habillé, toi sentant mauvais, toi avec une boucle d'oreilles dans le nez, toi sans argent, toi avec une haleine de chacal, toi bientôt, toi quand la roue tournera, toi allongé par terre sur une grille d'aération du métro, les pieds nus ensanglantés. Tu ne lui achètes pas *Le Réverbère*. De temps à autre, il hurle de toutes ses forces : « QUI SÈME LE VENT RÉCOLTE LA TEMPÊTE ! » puis se rendort.

Tu passes des nuits entières devant ta PlayStation. Pour 29 euros TTC tu t'es abonné au club PlayStation. Sept fois par an tu reçois des « CD démos avec incitation à l'achat et un questionnaire d'évaluation qui permet à Sony de mesurer tes taux de possession, tes intentions d'achat, ton degré de satisfaction et tes commentaires ouverts ».

Tu traînes pendant des heures au supermarché, en souriant aux caméras de surveillance. Une autre chose que tu as entendue dans ton métier : bientôt, celles-ci ne serviront plus seulement à arrêter les kleptomanes. Les webcams à infra-rouge, dissimulées dans de faux plafonds et connectées à l'ordinateur central, permettront surtout aux distributeurs de connaître tes habitudes de consommation en identifiant les codes-barres des marchandises que tu achètes et de te proposer des promotions, de te faire goûter de nouveaux produits, de t'orienter vocalement vers les rayonnages que tu préfères. Bientôt, tu n'auras même plus à te déplacer : les marques connaîtront tes goûts puisque ton frigo sera branché sur le Net, et elles viendront directement chez toi te déposer les denrées qui te manquent, et toute ta vie sera répertoriée et industrialisée. N'est-ce pas merveilleux ? Dis bonjour à la caméra. Elle est ta seule amie.

Tu viens de recevoir une enveloppe en papier kraft format A4. Il ne fallait pas désespérer : quelqu'un a fini par t'écrire. Tu la décachettes pour y trouver une étrange photocopie laser noir et blanc. Des typographies rudimentaires égrènent quelques chiffres : « 43 5. 0 bg4 fr15 pse12 rj33 gm f 2, alr l i/l ml dr55 » avec la date et l'heure en haut à gauche. Tu es perplexe. Parmi les taches blanches sur fond gris, en cherchant bien, tu finis par déceler un œil d'extra-terrestre qui te regarde fixement, deux bras, un début de nez, ici peut-être quelque chose qui ressemble à une oreille... Tu reconnais une échographie. Cette œuvre d'art abstrait est accompagnée d'un petit mot manuscrit. « C'est la première et la dernière fois que tu vois ta fille. Sophie. »

4

Quelques jours ont passé sans que tu les voies. Jean-François importe sa dépression dans ton bureau.

— J'ai un mauvais feedback annonceur. Alfred Duler a rappelé après avoir vu la cassette du « Grind » en disant qu'il y avait trop de gens de couleur. Il a déclaré — je cite : « Je ne suis pas raciste mais les Noirs c'est trop segmentant, or nous devons mettre l'emphase sur la francité du produit. Ce n'est pas ma faute si notre produit est blanc, et que donc, pour le vendre, il faut montrer des Blancs : ce n'est pas raciste de dire ça, merde, nous ne fabriquons pas un yaourt noir ! On engagera des blacks quand on sortira la gamme Maigrelette au Chocolat ! »

Ses assistants ont paraît-il pouffé quand il a dit ça. Mais quand il a menacé de remettre le budget en compétition, plus personne ne rigolait.

— Écoute, laissons tomber, lâches-tu. Ce facho est l'incarnation vivante de la médiocrité. Tu aurais dû lui rappeler qu'il produit déjà un Maigrelette à la dioxine... Il devrait embaucher des mannequins difformes, irradiés, défigurés et purulents.

Tu te réjouis intérieurement : perdre un des plus gros budgets de l'agence constitue la voie royale vers ta prière exaucée, le paradis de l'oisiveté rémunérée, un long désœuvrement financé par la collectivité... Mais Jean-François se voit déjà à la rue. Pour lui, la situation n'est pas la même que pour toi : il a été programmé pour une existence sans rues. Il a fait une petite école de commerce privée pour fils à papa, s'est marié avec une emmerdeuse propre, a accepté d'être insulté et humilié pendant quinze ans par ses employeurs et ses clients pour pouvoir emprunter de l'argent à la Société Générale afin d'acquérir un trois-pièces à Levallois-Perret. Sa seule distraction ? Écouter la bande originale du *Titanic*. Il ignore qu'une autre vie est possible. Il n'a jamais rien laissé au hasard : sa vie ne veut pas bifurquer. Il ne s'en relèverait pas si Madone quittait l'agence. Il est au bord des larmes ; ce n'était pas prévu dans son plan de carrière. Il doute pour la première fois depuis sa naissance. Il finirait presque par en devenir humain.

— Je sais bien que c'est une crapule fasciste, bredouille-t-il, mais il pèse 12 M€...

Tu te mets à l'aimer. Après tout, il t'a épousseté le nez l'autre jour.

— T'inquiète pas, t'entends-tu lui dire, Charlie et moi on va te rattraper le coup, pas vrai Charlie ?

— Ouaips, je crois que le moment est venu de se mettre en alerte DefConTrois.

Marc Marronnier passe une tête par la porte entrebâillée.

— Eh bien les gars, vous en faites une tête ! On dirait trois salariés de Rosserys et Witchcraft... Oups !

Il se frappe le front avec la paume de sa main.

— J'ai gaffé ! C'est ce que vous êtes !

— Arrête de déconner, Marc, se lamente Jef, on est vraiment dans la merde jusqu'au cou sur Maigrelette.

— Ah... Ils sont lourds, les fabricants de fromage allégé...

Marronnier te jette un regard condescendant (en deux mots : con et descendant — car il est debout et toi assis).

— Octave, Charlie... dit-il, ne croyez-vous pas que le moment est venu de sortir le plan Orsec ?

— Ils sont déjà en DefConTrois ! s'exclame Jef. Mais euh... En quoi ça consiste exactement, cette histoire de DefConTrois ?

Charlie fait alors son geste solennel. Il lève les bras et les yeux au ciel, inspire profondément, expire bruyamment, signe chez lui qu'il s'apprête à prendre la parole ou à tuer un petit animal mignon. Après un long silence, il regarde Marronnier une dernière fois.

— Chef ? On a le feu vert ?

Le chef hoche la tête avant de la sortir du bureau, qui goûte alors un instant de calme et de sérénité quasi zen. Charlie se tourne lentement vers toi et lâche le mot de passe :

— La Bouse de Dernière Minute.

— C'est parti.

Et devant J.-F., en une minute montre en main, Charlie et toi concoctez la publicité dont rêvent tous les annonceurs : quelque chose de joli, doux, inoffensif et mensonger destiné à un large public de veaux bêlants (car, à la suite de diverses manipulations génétiques, on peut désormais faire bêler les bovins).

Tu lui lis la Bouse à voix haute :

« Une ravissante femme (ni vieille ni jeune), À LA PEAU BLANCHE, aux cheveux châtains (ni blonde ni brune), s'assied sur la terrasse d'une belle maison de campagne décorée style "Côté Sud" (chaleureuse sans être tape-à-l'œil) dans un fauteuil à bascule (ni trop cher ni trop fauché). Elle regarde la caméra et s'écrie d'une voix suave mais authentique : "Je suis belle ? On dit ça. Mais moi je ne me pose pas la question. Je suis moi, tout simplement." Elle saisit d'un geste calme (ni sensuel ni sophistiqué) un pot de Maigrelette qu'elle entrouvre délicatement (ni trop vite ni trop lentement) avant d'en déguster une cuillerée (ni trop vide ni trop pleine). Elle ferme les yeux de plaisir en goûtant le produit (minimum deux secondes). Puis elle poursuit son texte en regardant les téléspectateurs droit dans les yeux : "Mon secret c'est... Maigrelette. Un exquis fromage blanc sans aucune matière grasse. Avec du calcium, des vitamines, des protéines. Pour être bien dans sa tête et dans son corps, il n'y a rien de meilleur." Elle se lève avec élégance (mais pas trop) et conclut dans un sourire complice (mais pas trop) :

"Voilà mon secret. Mais ce n'en est plus un, maintenant, puisque je vous ai tout dit hi hi." Elle démarre un rire espiègle (mais pas trop). Arrive le packshot du produit (minimum cinq secondes) avec cette signature : "MAIGRELETTE. POUR ÊTRE MINCE SAUF DANS SA TÊTE." »

Jean-François passe d'effondré à euphorique en un clin d'œil : ce type-là pourrait entrer au Conservatoire d'art dramatique, dans la section « mime cyclothymique ». Il nous baise les mains, les pieds, la bouche.

— Vous m'avez sauvé la vie, les amis !

— Hé oh ! Pas de familiarités quand même, grommelle Charlie, qui mate sur son ordinateur un film montrant un homme sodomisé par une anguille.

Et toi, tu t'aperçois de ta bévue :

— Bordel, c'est pas demain la veille que je serai foutu à la porte. Avec un spot pareil, Philippe va me foutre une paix royale pendant au moins dix ans. On va encore enculer Madone !

Mais Charlie a le dernier mot :

— Tu peux toujours dire qu'on les encule, mais au fond de toi, tu sais très bien que c'est l'inverse.

Et Jean-François s'en va tout guilleret avec son script merdique sous le bras. Cette scène se déroulait vers le début du troisième millénaire après J.-C (Jésus-Christ : excellent concepteur-rédacteur, auteur de nombreux titres restés célèbres : « AIMEZ-VOUS LES UNS LES AUTRES »,

97

« PRENEZ ET MANGEZ-EN TOUS CAR CECI EST MON CORPS », « PARDONNEZ-LEUR, ILS NE SAVENT PAS CE QU'ILS FONT », « LES DERNIERS SERONT LES PREMIERS », « AU COMMENCE-MENT ÉTAIT LE VERBE » — ah non, ça c'est de son père).

5

La bonne cocaïne coûte 100 euros le gramme.
C'est cher exprès : pour que seuls les riches puissent être en forme, tandis que les pauvres continuent de s'abrutir au Ricard.

Tu téléphones à Tamara, ta call-girl favorite. Sa messagerie te répond d'une voix suave : « Si vous voulez m'inviter à prendre un verre, appuyez sur la touche 1. Si vous voulez m'inviter à dîner, appuyez sur la touche 2. Et si vous voulez m'épouser, veuillez raccrocher. » Tu lui laisses le numéro de ta ligne directe à l'agence : « Rappelle-moi, tes épaules ressemblent à des œufs à la coque, il faut que tu me changes les idées, c'est urgent, je veux tremper mes mouillettes dans ta vie, Octave. » Elle a un visage dont ton regard ne parvient pas à se détacher.

Devinette : Qu'est-ce qui a la peau ambrée et un corps de Mexicaine avec des yeux d'Eurasienne ? Réponse : une rebeu dont le vrai nom n'est pas Tamara. Le soir elle vient chez toi. Tu lui as demandé de porter « Obsession », le parfum de Sophie.

Elle a la voix rauque, les doigts fins, le sang mêlé. Le corps féminin est composé de nombreux éléments non dénués de charme : tendons bronzés reliant les chevilles aux mollets, ongles des orteils maquillés, fossettes éparses (à la commissure des lèvres, à la naissance des fesses), dents dont la blancheur contraste avec les lèvres pourpres, cambrures diverses (plante des pieds, bas du dos), rougeurs variées (pommettes, genoux, talons, suçons), mais l'intérieur des bras reste toujours blanc comme neige et tendre comme l'émotion qu'il provoque.

Oui, c'était une époque où même la tendresse était à vendre.

Tamara est la putain que tu ne baises pas. Sur sa mini-jupe est écrit « LICK ME TILL I SCREAM » mais tu te contentes de lécher son oreille (elle déteste ça). Contre 500 euros, elle vient dormir à domicile. Auparavant, vous écoutez des disques ensemble : le groupe « Il était une fois », les Moody Blues, Massive Attack. Tu es prêt à payer très cher juste pour le moment où vos lèvres s'attirent comme des contraires. Tu ne veux pas coucher avec elle, juste la frôler, subir son attraction extra-terrestre. Les amants sont des aimants. Tu refuses de mettre une capote dans Tamara. C'est pourquoi vous ne faites jamais l'amour. Au début, elle ne comprenait pas ce client qui se contentait d'enrouler sa langue autour de la sienne. Et puis elle y a pris goût, aux dents qui mordillent la bouche, à la pointe nerveuse de salive parfumée de vodka, et maintenant c'est elle qui enfonce sa langue dans ta bouche douce, et la pelle devient profonde, pénétration buccale où ta langue devient bite, lèche ses joues, son cou, ses yeux, saveur, gémissement, souffle, désir titillé. Stop. Tu t'arrêtes pour lui sourire à un centimètre du visage, savoir attendre, déguster, ralentir et recommencer. Il faut dire les choses telles qu'elles sont : un baiser est parfois plus beau que baiser.

— J'adore tes cheveux.

— C'est une perruque.

— J'adore tes yeux bleus.

— Ce sont des lentilles.

— J'adore tes seins.

— C'est un Wonderbra.

— J'adore tes jambes.

— Ah ! Enfin un compliment.

Tamara éclate de rire.

— Tu me fais trop kiffer.

— C'est un mot de jeune pour dire que tu es heureuse ?

— En cet instant précis ? Oui.

— En cet instant précis, je sais très bien que tu fais semblant.

— Premièrement, ce n'est pas parce que je fais pas gratuit que je fais semblant. Cela n'a rien à voir. Deuxièmement, oui, je suis plutôt heureuse, considérant que je gagne dix patates par mois en cash.

— L'argent fait le bonheur, alors ?

— Pas du tout mais j'en mets plein de côté pour m'acheter une maison et élever mon bébé.

— Quel dommage. J'aurais tellement aimé te rendre malheureuse.

— Je ne suis jamais malheureuse quand je fais payer.

— Moi c'est le contraire : je te paye pour ne pas être malheureux.

— Embrasse-moi, ce soir je te fais 10 % de remise.

Elle enlève le haut. Une fine chaîne en or entoure sa taille. Une rose est tatouée au-dessus de son sein droit.

— C'est un vrai tatouage ou une décalcomanie ?

— Un vrai, tu peux sucer, il s'en ira pas.

Quelques aimantations après, tu filmes Tamara au camescope numérique en l'interviewant :

— Dis-moi Tamara, tu veux vraiment devenir comédienne ou c'était une blague ?

— C'est mon rêve, de faire ce métier en plus de... celui-ci.

— Mais pourquoi t'es pas mannequin ?

— Mais je le suis, la journée. Comme beaucoup de filles qui travaillent au Bar Biturique. Je cours les castings à longueur de temps. Seulement y a tellement de filles et si peu de boulot qu'on doit bien se démerder pour arrondir les fins de mois...

— Non je te demandais ça parce que... enfin écoute, voilà : j'aimerais proposer ton composite pour la prochaine publicité Maigrelette.

— OK, ce soir j'avale ton foutre gratos.

— Pas question, voyons, tu n'as donc pas compris que je suis le nouveau Robin des Bois ?

— Comment ça ?

— C'est pourtant simple : je prends aux riches pour donner aux filles.

Oui, certains soirs, tu déboursais 500 €-balles juste pour l'embrasser sous la pluie, et ça les valait. Bon sang, ça les valait largement.

6

Dix jours plus tard, c'est PPM à l'agence (prononcer pipième) : « Pre-Production Meeting ». La réunionnite au sommet de son art. On n'entend pas une mouche voler : normal, elles savent qu'elles risquent de se faire violemment sodomiser. Alfred Duler est venu avec ses trois mousquetaires de la société Madone, il y a là deux commerciaux de la Rosse, la tv-productrice agence, deux créatifs (Charlie et toi), le réalisateur retenu qui s'appelle Enrique Baducul, il y a aussi son producteur parisien, sa styliste dépressive, son décorateur anglais et une cost-contrôleuse liftée. Charlie a parié avec toi : le premier qui prononce les mots « anxiogène » et « minorer » gagne un déjeuner chez Apicius.

— Les modifs, entame la tv-prod, ont été intégrées par rapport à la réunion du 12. On attend d'autres castings mais Enrique approuve la reco agence. On va donc tout de suite vous montrer la cassette.

Mais, comme toujours dans ce genre de réunions, le magnétoscope ne fonctionne pas et personne ne sait s'en servir. Il faut appeler un technicien car les quatorze personnes présentes, représentant une masse salariale annuelle de plus de un million d'euros, sont incapables de faire fonctionner une machine qu'un enfant de six ans met en marche du bras gauche et les yeux bandés. En attendant l'arrivée du sauveur qui saura appuyer sur le bouton « play », le réalisateur relit tout haut sa note d'intention.

— Il né faut pas qué la fille soit trop zolie, cé séra ouna femme fraîche, ouna zeune adoulte.

Enrique Baducul a commencé comme photographe de mode à *Glamour* avant de devenir la star du film publicitaire esthétisant à dominante orangée. Il cultive son accent vénézuélien car cette note d'exotisme est la principale raison de son succès (environ 500 réalisateurs au chômage filment exactement comme lui, c'est-à-dire flou, avec profusion de filtres et une bande-son trip-hop, mais ne bossent pas car ils ne s'appellent pas Enrique Baducul).

— Yé souis personnellamente favorable à ce qu'on lise la marque dès lé prémier plan. Esta muy muy importante. Ma, il faut ze garder oune zone dé créativité, yé crois.

Il a été choisi parce que Joe Pytka n'était pas libre, et que Jean-Baptiste Mondino a refusé. Tout le monde suit avec le doigt sur les photocopies de son texte, comme en classe de maternelle. Soudain un ouvrier en blouse bleue entre sans frapper, soupire et met en marche le magnétoscope.

— Merci Gégé, dit Jef, que serions-nous sans toi ?

— Empotés, répond Gégé en sortant de la pièce. Jef se force à rire.

— Hé Hé Hé ! Sacré Gégé. Bien, nous allons donc regarder la reco de casting.

Les quatorze empotés voient alors la belle Tamara, torse nu en Wonderbra noir, qui regarde la caméra en se mordant les lèvres et déclare :

— C'est mon rêve de faire ce métier en plus de... celui-ci. Je cours les castings à longueur de temps. Seulement y'a tellement de filles et si peu de boulot... (cut).

Tu prends rapidement la parole pour dire qu'il s'agit d'un casting sauvage, une mannequine exceptionnelle que tu as filmée par hasard et qu'un « call-back » va être organisé avec cette fille afin de lui faire interpréter le texte exact dès demain.

Alfred Duler demande si on pourra la retoucher en post-prod pour éclaircir sa couleur de peau.

— Bien sûr, aucun problème. Elle sera totalement B.B.R. (Bleu-Blanc-Rouge).

Sa chef de pub, un gros tas boudiné dans un tailleur Zara, n'ouvrira la bouche qu'une seule fois aujourd'hui pour dire ceci :

— Ce qu'il faut, c'est susciter l'envie.

Impressionnant, tous ces gens que personne ne baise et qui, néanmoins, travaillent toute la journée pour provoquer le désir de millions de consommateurs.

La tv-prod note sur son calepin : « OK Tamara sous réserve de call-back et deviser paint-box pour éclaircir visage. »

Alfred Duler reprend la parole :

— Je voudrais préciser que nous sommes très heureux de travailler avec Enrique, dont la bande démo est formidable, et surtout parce que nous savons que c'est quelqu'un qui sait rester très professionnel dans son approche visuelle de la pub.

(Traduction simultanée : « On a choisi un réalisateur docile qui ne changera rien au script vendu. »)

— Et Enrique, j'apprécie ce que tu viens de dire sur la marque. Nous savons tous ici que nous ne sommes pas au Club des Poètes. Il est crucial qu'on identifie bien le logo Madone dès le premier plan du film.

— Si, si. Yé pensé dé faire oune packshot très loumineuse.

— Effectivement, renchérit Jef, l'ensemble aura un climat ensoleillé mais clean.

La styliste prend alors la parole :

— On avait dit que ce serait bien si c'était pas trop tristoune au niveau des vêtements.

Elle brandit des tee-shirts colorés.

— On peut trouver du rouge, des choses flashy comme ça.

— Oui, dit un des chefs de produit pour donner une raison à sa présence à cette PPM (et par extension au sein de la société Madone), bien sûr mais il nous faut un stylisme mi-saison pour pouvoir utiliser le film tout au long de l'année.

— Par rapport à ce qu'on avait dit à la réunion du 12, ajoute la cost-contrôleuse, inspectrice des travaux finis payée par Madone pour tout critiquer et faire baisser les tarifs (à l'exception des siens), il faudrait un peu plus d'espièglerie.

— Évidemment, renchérit Jef, cela a été spécifié le 12.

Ils ont tous l'air de flipper comme des bêtes. La styliste est aussi rouge que ses tee-shirts.

— J'ai aussi amené cette chemise...

Tout le monde critique la chemise jusqu'au moment où on s'aperçoit que le client porte la même.

— Écoutez, dit Charlie, on a un contrat de base mais on peut tout de même s'autoriser quelques spontanéités au tournage, non ?

Tous les regards se tournent vers Alfred-Duler-est-un-con.

— Je suis obligé de rappeler que Madone signe un découpage et que si on ne retrouve pas ça au montage, nous on jette le film. On a un contrat ; je suis final sur ce point.

— Bien sûr, frémit Jef, l'agence s'engage à revenir avec ce qu'on vous a montré.

Et la conversation continue ainsi pendant des heures. La nuit tombe. Et tu notes tout, scrupuleusement, comme un greffier — le scribe du désastre contemporain. Car cette réunion n'est pas un « détail » de l'histoire de la Troisième Guerre mondiale.

— Rajouter l'adverbe « goulûment » sur la note d'intentions de tournage. C'est une contrainte.

— A-t-on vraiment besoin de trente secondes ? Ne peut-on pas raconter l'histoire en vingt secondes en raccourcissant tous les plans ?

— OK on va timer les plans mais ça risque de speeder.

— On va être hyper-cut.

— Du moment que l'attribution Ipsos n'en souffre pas, je crois qu'on peut le diffuser en vingt secondes.

— Remplacer « goulûment » par « irrésistible-ment » sur la note. C'est très important de mettre l'emphase là-dessus. Je vois ça comme une contrainte.

— Il faut que ce soit un produit auquel on ne résiste pas. Je vous rappelle qu'on pré-testera le film avant l'antenne. Si nos études conso ne sont pas formelles là-dessus, on trappe le film.

— Je vous relis la note d'intention : « Consom-mation du produit : après avoir ouvert le pot de Maigrelette, la femme le mangera irrésistiblement avec délectation ainsi qu'avec sa cuiller. »

— Octave, tu te trouves drôle ?

— On pourrait visualiser la fille en train de mar-cher avec le produit à la main...

— Ah non ! Je vous arrête tout de suite ! Mai-grelette n'est pas un yaourt déambulatoire !

Tu notes tout ce qu'ils disent parce que c'est trop vrai pour être beau.

— Passons maintenant aux repérages : la parole est à Tony.

— Nous l'avons visitey plousieurs maisons autour de Miami. Il y a many possibilities : très ouverte ou avec la grande jardin, ou plousse moderne ici tu vois le photo c'est très terrasse, véranda, ou on peut aussi faire dans une mas traditional, oui ?

— Ma, dit Enrique, Tony tou nous donne ta réco, laquelle esta ta recommandacion ?

— Moi je trouve que c'est bien le classic maison avec la perron devant, c'est plousse jolie pour toi je crois. Il ne faut pas faire une chose ennuyante, non ?

— Yé soui okay si tou esta okay.

— Revenons au plan produit.

— Il faut que ce soit un yaourt qui est dans la vie, je ne sais pas, posé sur l'herbe, pour emphatiser l'idée de nature.

— C'est un produit ludique mais vachement santé.

— Notre valeur ultime, a fini par lâcher Duler, c'est l'amour. Nos clients achètent de l'amour (voilà qui plaira à Tamara, songes-tu). Nous ne vendons pas un yaourt, mais du lait maternel ! C'est pour ça qu'on est worldwide. L'amour c'est mondial ! Il faut penser worldwide ! Réfléchir worldwide ! Chier worldwide ! Je crois que telle est la vocation de Maigrelette.

Soudain Philippe entre sans frapper. Il dit de continuer, de faire comme s'il n'était pas là, mais on recommence quand même la réunion au début, seulement dérangés de temps en temps par la sonnerie de son téléphone portable qu'il n'a pas déconnecté.

— C'est une femme-femme. Elle a un jean brut,

110

tu vois, un tee-shirt à manches longues, il faut sur-signifier qu'elle est décontractée mais élégante.

— C'est Sharon Stone en brune et en plus junior.

— Vous êtes sûr que Madame Michu de Valen-ciennes va s'y reconnaître ?

— Attention : elle est middle class mais fun.

— Elle ne fait pas très européenne.

— Nous on n'a rien contre les Maghrébins mais c'est notre cible qui risque de ne pas s'identifier.

— Elle est juste un peu « Côté Sud », c'est ten-dance, la mode est aux teints mats à la Inès Sas-tre-Jennifer Lopez-Salma Hayek-Penelope Cruz.

— C'est qui Salma Hayek ?

— Enrique a vu 80 filles et c'est elle qui prend le mieux la lumière.

— Elle est complètement dans les valeurs de la marque, libre, sensuelle, totalement Maigrelette.

— Elle esta magnifico.

— Very cute.

— C'est qui Salma Hayek ?

— C'est vrai qu'elle transmet une émotion à la caméra.

— Je ne suis pas contre valider ce choix après visionnage du call-back.

— « Ambiance de campagne tranquille mais dynamique. L'herbe devra être verte mais médi-terranéenne. Sons naturels, les oiseaux chantent. »

— Il faudra penser à monter les grillons au mixage.

— C'est qui Salma Hayek ?

— C'est la nana de la mode latino.

— Elle est en couv du *Vogue* anglais de septembre.

— Connais pas.

La styliste au bord de la crise de nerfs étale vingt paires de lunettes de soleil sur la table pour que le client choisisse celle que Tamara portera sur la tête. Au bout de vingt minutes, on décide finalement de toutes les emporter sur le tournage afin de choisir sur place. (On décide donc de ne rien décider.)

— La musique : cinq musiciens ont envoyé des maquettes. On les écoute ?

Démo 1 :

— Trop branché.

Démo 2 :

— Trop hard.

Démo 3 :

— Trop kitsch.

Démo 4 :

— Trop lent.

Démo 5 :

— Trop cheap.

— « Pour action, note la productrice, demander aux musiciens de retravailler. »

— Je suis opposé à la contre-plongée sur le plan dégustation. J'ai peur que la fille soit déformée. J'aimerais mieux quelque chose de plus classique au niveau du branding.

C'est à ce moment-là que Charlie a gagné un déjeuner chez Apicius :

— Vous trouvez ça anxiogène ? On peut le minorer.

Le Président Philippe s'est alors levé et, avant de quitter la réunion, s'est tourné vers la tv-prod de l'agence :

— Très bonne réunion, Martine, bravo, c'est du très bon boulot, tu es nouvelle ici ? je te souhaite la bienvenue à la Rosse, Marc a bien fait d'engager des gens hyper sur le coup comme toi.

— Philippe, je m'appelle Monique, et cela fait cinq ans que je travaille là, a alors répondu la tv-productrice avec une froideur bien excusable.

7

Et maintenant te voilà tout maigrelet. Tu as perdu 17 kilos en trois mois. Tu ne t'alimentes plus que par le nez. Chaque matin, tu te réveilles avec un bloc de craie solide dans ton nez plâtreux. Tu arrives au bureau à 5 heures 35 de l'après-midi. Quand Marc Marronnier t'en fait la remarque, tu réponds :

— Je fais la grève jusqu'à ce que tu me vires.

— Qu'est-ce qu'il y a ? Tu veux une augmentation ?

— Non, je veux vraiment tout plaquer.

— Qui t'a appelé ? CLM ? BDDP ?

— Mais non, je veux arrêter ! Tu ne comprends pas que je suis en train de crever ? Regarde comme j'ai maigri !

— Ressembler à Kate Moss n'a jamais constitué un motif de licenciement.

— Mais je vais mourir d'une tumeur au cerveau !

— Impossible : tu n'as pas de cerveau.

— Mais je suis de moins en moins grand public !

— Je sais mais on a besoin de toi pour parler aux CSP + + + +.

Tu portes un costume Éric Bergère, une chemise Hedi Slimane pour Saint Laurent Rive Gauche-Hommes, des souliers Berluti, une montre Royal Oak d'Audemars Piguet (en attendant la Samsung Watch Phone qui fera aussi téléphone mobile), des lunettes StarckEyes, un caleçon Banana Republic acheté à New York. Tu es propriétaire d'un appartement de cinq pièces à Saint-Germain-des-Prés, décoré par Christian Liaigre. Tu possèdes aussi :

— une chaîne hi-fi Bang & Olufsen verticale avec 6 lecteurs de CD programmables à distance

— un téléphone Cosmo bi-bande GSM équipé d'un data-fax intégré

— six chaises Louis XV héritées de la maison de tes grands-parents

— un tabouret « Barcelona » de Mies van der Rohe

— une bibliothèque de Jean Prouvé contenant l'intégrale de la Pléiade (jamais ouverte)

— un magnétoscope tri-standard Sony

— la nouvelle Flat TV de Philips

— un lecteur de DVD portable Sony Glasstron

— une Lounge Chair de Charles Eames (1956)

— une PlayStation Sony

— un réfrigérateur double porte General Electric (rempli de caviar osciètre Petrossian, de foie gras mi-cuit truffé de La Petite Auberge et de champagne Cristal Roederer) avec congélateur géant et distributeur automatique de glaçons

— un camescope numérique Sony PC1 (360 grammes, 12 cm de haut, 5 cm de large)

— un appareil photo numérique Leica Digilux Zoom

— 24 verres de cristal Puiforcat

— trois tirages originaux de Jean-François Jonvelle

— un Basquiat de trois mètres carrés et un dessin de David Hockney

— une affiche de Jean Cocteau

— une table basse en ébène Modénature

— quelques originaux de Pierre Le Tan, Edmond Kiraz, René Gruau, Jean-Jacques Sempé, Jean-Philippe Delhomme, Voutch, Mats Gustafson

— un lampadaire Urban Outfitters

— 8 oreillers beiges et blancs en pashmina de chez Maisons de Famille

— un autographe encadré de Laetitia Casta

— des portraits de toi par Mario Testino, Ellen von Unwerth, Jean-Baptiste Mondino, Bettina Rheims, Dominique Issermann

— des photos de toi à côté d'Inès Sastre, Gérard Depardieu, Ridley Scott, Eva Herzigova, Naomi Campbell, Carla Bruni, David Lynch, Thierry Ardisson

— une cave pleine de premiers grands crus classés bordelais livrés par les caves Augé (116, boulevard Haussmann, Paris 8e) : Chasse-Spleen, Lynch Bages, Talbot, Petrus, Haut Brion, Smith Haut Laffitte, Cheval Blanc, Margaux, Latour, Mouton Rothschild...

— mille Compact Discs, DVD, CD-Rom et cassettes VHS

116

— une BMW Z8 dans sa place de parking louée à l'année sous le Café de Flore

— un sosie SDF en bas de chez toi

— cinq paires de Berluti, trois paires de Nike Air Max, une paire d'Adidas Micropacer (avec chronomètre intégré et un micro-ordinateur capable de mesurer la distance parcourue)

— trois manteaux en cachemire Hermès et trois en daim Louis Vuitton

— cinq costumes Dolce e Gabbana et cinq Richard James

— *Sumo*, le livre géant de photos d'Helmut Newton aux éditions Taschen (50 x 70 cm) sur son présentoir dessiné par Philippe Starck

— cinq jeans Helmut Lang et cinq paires de mocassins Gucci

— vingt chemises Prada et vingt tee-shirts Muji

— dix pulls en cachemire dix-huit fils Tsé par Huseyn Chalayan et dix Lucien Pellat-Finet (tout ce qui n'est pas en cachemire te gratte d'une façon insoutenable, sauf la vigogne)

— un placard contenant l'intégrale de la collection APC des dix dernières saisons

— un tableau de Ruben Alterio

— dix paires de lunettes de soleil Cutler and Gross

— une salle de bains entièrement meublée en Calvin Klein (serviettes de bains, peignoirs, porte-savon, produits de beauté, parfums, sauf les lotions qui viennent de chez Kiehl's New York)

— l'iMac rose sur lequel est rédigé ce livre, un

117

iBook orange connectable à Internet sans câble et une imprimante couleur Epson Stylus 740.

La plupart des autres objets que tu possèdes viennent de chez Colette. Quand ils ne viennent pas de chez Colette, cela veut dire qu'ils viennent de chez Catherine Memmi. Quand ils ne viennent ni de chez Colette ni de chez Catherine Memmi, cela veut dire que tu n'es pas chez toi.

Tu dînes rarement dans des restaurants à moins de 100 euros par personne. En voyage, tu dors uniquement dans des Aman. Il y a trois ans que tu ne prends plus l'avion qu'en Business Class (sinon tu attrapes un torticolis en dormant) avec une couverture en cachemire (sinon ça te gratte ; voir plus haut). À titre d'information, l'aller-retour Paris-Miami en Business coûte 62 000 francs (10 K-euros).

Avec toutes ces choses qui t'appartiennent, et la vie confortable que tu mènes, logiquement, tu es obligé d'être heureux. Pourquoi ne l'es-tu pas ? Pourquoi plonges-tu sans cesse ton pif dans la schnouff ? Comment peux-tu être malheureux avec 2 millions d'euros sur ton compte en banque ? Si tu es au bout du rouleau, alors, qui est à l'autre bout ?

L'autre jour, tu as fondu en larmes devant le magasin Bonpoint de la rue de l'Université. Devant des petits lits en bois blanc, des lampes en forme de nounours, des chaussures gris perle taille trois mois, des salopettes à 55 euros, un mini-pull à 94 euros, et tu pleurais comme un abruti et les

clientes sortaient du magasin horrifiées, persua-
dées que ce pauvre type qui chialait devant la boutique avait perdu son enfant dans un accident de
bagnole, mais tu n'as pas eu besoin d'accident pour
perdre ton enfant.

Tu vas te bourrer la gueule dans ta cuisine
géante. Tu te diriges vers le frigo ultra-moderne.
Tu te reflètes dedans. Nerveusement, tu appuies
sur le distributeur de glaçons. Ton verre d'Absolut
déborde de glace. Tu maintiens la pression sur la
manette jusqu'à ce que le sol de la cuisine soit
recouvert d'ice cubes. Puis tu programmes la
machine sur « glace pilée ». Tu recommences à
appuyer. Il neige sur le marbre noir. Tu contemples
ton visage dans le réfrigérateur le plus cher du
monde. C'était plus facile d'avoir un comporte-
ment de célibataire attardé quand tu savais qu'il y
avait quelqu'un chez toi qui t'attendait avec
amour. Tu es tellement coké que tu sniffes ta vodka
par la paille. Tu sens le collapse arriver. Tu vois ta
déchéance dans le miroir : savais-tu qu'étymologi-
quement « narcissique » et « narcotique » viennent
du même mot ? Tu as vidé le réservoir à glace par
terre. Tu glisses et te retrouves allongé sur dix centimètres de neige pilée. Tu te noies dans les cubes
froids. Tu pourrais t'endormir au milieu de ces milliers d'icebergs. Couler comme une olive au fond
d'un verre géant. Absolut Titanic. Tu flottes sur
une patinoire artificielle. Ta joue gelée adhère au
carrelage. Sous ton corps il y a de quoi rafraîchir
un régiment ; or tu es une armée, en pleine retraite

de Russie. Tu suces le sol. Tu avales le sang qui coule directement de ton nez à ta gorge. Tu as juste le temps d'appeler le Samu sur ton portable avant de perdre connaissance.

ON SE RETROUVE JUSTE APRÈS... ÇA.

*UN JEUNE HOMME ENTRE DANS UNE LAVERIE
AUTOMATIQUE. IL S'ARRÊTE DEVANT UNE ÉNORME
MACHINE À LAVER DE DEUX MÈTRES DE HAU-
TEUR. IL GLISSE PLUSIEURS PIÈCES DE MONNAIE
DANS LA FENTE, PUIS SORT DE SA POCHE UN
PAQUET DE LESSIVE ARIEL, VERSE DU DÉTER-
GENT DANS SA MAIN, ET L'ASPIRE PAR LE NEZ. IL
SECOUE LA TÊTE, COMME REVIGORÉ PAR LA POU-
DRE ARIEL QU'IL VIENT DE SNIFFER. PUIS IL
OUVRE LE HUBLOT DE LA MACHINE À LAVER, ET
ENTRE ENTIÈREMENT À L'INTÉRIEUR, TOUT
HABILLÉ. IL S'ASSIED EN TAILLEUR DANS LA CEN-
TRIFUGEUSE. LORSQU'IL REFERME LA PORTE, LA
MACHINE SE MET EN MARCHE. IL EST ALORS BAL-
LOTTÉ DANS TOUS LES SENS, ASPERGÉ D'EAU
CHAUDE. LA CAMÉRA TOURNE À 360° POUR MON-
TRER LA ROTATION RAPIDE À L'INTÉRIEUR DU
TAMBOUR.*

*SOUDAIN LE MOUVEMENT S'ARRÊTE DE L'INTÉ-
RIEUR DE LA MACHINE, L'HOMME APERÇOIT UNE
JEUNE FEMME TRÈS SEXY, EN MINIJUPE, QUI
ENTRE DANS LA LAVERIE. LA JEUNE FEMME
S'AVANCE VERS LA MACHINE GÉANTE. VOYANT LE
JEUNE HOMME À L'INTÉRIEUR, ELLE OUVRE LE
HUBLOT ET LUI SOURIT. IL RECRACHE UNE GOR-
GÉE D'EAU SAVONNEUSE. ELLE SOURIT EN
VOYANT LE PAQUET D'ARIEL POSÉ DEVANT LA
MACHINE, PASSE LES MAINS SOUS SA MINIJUPE ET
ENLÈVE SA CULOTTE, QU'ELLE JETTE SUR LE
JEUNE HOMME DANS LE TAMBOUR AVANT DE
REFERMER LE HUBLOT ET DE REMETTRE LA*

MACHINE EN MARCHE. LE JEUNE HOMME MEURT NOYÉ EN FAISANT DES BULLES CONTRE LA VITRE.

   LOGO ET PACKSHOT ARIEL — SIGNATURE : « ARIEL ULTRA. LA PROPRETÉ ULTRA MÊME EN MACHINE. »

(Projet rejeté avant présentation.)

III

Il

« Or c'était le temps où les pays riches, hérissés d'industries, touffus de magasins, avaient découvert une foi nouvelle, un projet digne des efforts supportés par l'homme depuis des millénaires : faire du monde une seule et immense entreprise. »

RENÉ-VICTOR PILHES,
L'imprécateur, 1974.

1

Un milliard de personnes vivent dans des bidon-villes, selon la Croix-Rouge, mais cela n'a pas empêché Octave de retrouver l'appétit : regardez-le se ronger les ongles ; quelle victoire. Marronnier l'a envoyé un mois en cure de désintoxication à la Maison de santé Bellevue (8, rue du Onze-Novembre à Meudon) parce que le Centre de Kate Barry à Soissons affichait complet. Les patrons de création sont comme les médecins-dealers du Tour de France : ils dopent leurs champions pour la performance et les réparent quand ils se cassent la gueule. Voilà pourquoi Octave est passé d'HP en HP — d'Hôtel Particulier en Hôpital Psychiatrique.

Chaque matin, il marche dans le parc, slalome entre les chênes centenaires et les malades mentaux. Il ne lit que des écrivains suicidés : Hemingway, Kawabata, Gary, Chamfort, Sénèque, Rigaut, Pétrone, Pavese, Lafargue, Crevel, Zweig, Drieu, Montherlant, Mishima, Debord, Lamarche-Vadel, sans oublier les filles : Sylvia Plath et Virginia Woolf. (Quelqu'un qui ne lit que des auteurs suicidés est quelqu'un qui lit beaucoup.) Pour déconner, ses assistants lui ont envoyé un paquet de farine Francine par Chronopost. Son psychiatre-traitant n'a pas apprécié la plaisanterie. Charlie a téléchargé sur son iBook le film vidéo d'une nana avec un poing dans la chatte et un autre dans le cul. Il s'est remis à sourire. Son traitement expérimental au BP 897 devrait le débarrasser totalement du manque de cocaïne. Si tout se passe bien, il pourra bientôt regarder une Carte bleue sans éternuer.

Au réfectoire, il croise de nouvelles maladies. Par exemple, son voisin d'étage lui explique qu'il est sidophile (une nouvelle perversion sexuelle).

— Je filmais des filles qui se faisaient sauter sans capote par un complice atteint du sida. La fille, bien sûr, n'était jamais au courant. Après je la filmais à la sauvette quand elle allait dans un labo pour chercher ses résultats de test. Le moment qui me faisait jouir, c'est quand la fille découvrait qu'elle était séropositive. J'éjaculais quand elle ouvrait l'enveloppe. La sidophilie, c'est moi qui l'ai inventée. Si tu savais comme c'était bon de les voir fondre en larmes à la sortie du laboratoire d'analyses avec leur feuille « VIH+ » à la main. Mais j'ai arrêté car la police a pris toutes mes cassettes. J'ai fait de la prison et après on m'a mis ici. De toute façon je vais mourir bientôt. Mais là je vais bien là, je vais bien. Je vais bien. Là ça va bien là je vais bien je vais bien je vais bien je vais bien je vais bien là je vais bien.

Il a buggé, bave un peu de purée de carottes sur son menton duveteux.

— Moi aussi, dit Octave, je suis atteint d'une psychopathie sexuelle assez bizarre. Je suis passé-phile.

— Ah ? Ben alors c'est quoi ça ?

— Une perversion qui consiste à être obsédé par une ex. Mais moi aussi je vais bien je vais très bien là ça va ça va bien bien là très bien je vais bien bien bien bien.

Sophie n'est pas venue lui rendre visite. Était-elle seulement au courant de son hospitalisation ? Au bout de trois semaines, Octave a ri plusieurs fois en regardant les schizophrènes grimacer dans le jardin : ce spectacle lui a rappelé l'agence.

— La vie se compose d'arbres, de maniaco-dépressifs et d'écureuils.

Oui, on peut dire qu'il va mieux maintenant : il se branle six fois par jour. (En songeant à Anastasia qui pourlèche le con d'Edwina qui boit son sperme.) (Bon, d'accord. Octave n'est peut-être pas complètement rétabli.)

De toute manière, il était temps pour lui de changer. Il était beaucoup trop années 80 avec sa coke, ses costumes noirs, sa thune et son cynisme à deux balles. La mode avait évolué : il ne fallait plus étaler sa réussite et son travail mais faire semblant d'être pauvre et avoir l'air d'un glandeur. Le profil bas était de rigueur dans les premières années du nouveau siècle. Les stakhanovistes professionnels cherchaient à ressembler le plus possible à des chômeurs fauchés. Terminé le style Séguéla-bruyant-bronzé-gourmetté-vulgaire et les pubs avec des stores vénitiens ou un ventilateur au plafond filmées par Ridley Scott. Il y a eu des modes dans la pub comme partout : dans les années 50, c'était le calembour ; dans les années 60, la comédie ; dans les années 70, la bande de jeunes ; dans les années 80, le spectacle ; dans les années 90, le décalage. Désormais il fallait porter une vieille paire d'Adidas, un tee-shirt Gap troué, un jean Helmut Lang crade, et tailler sa barbe tous les jours pour qu'elle ait l'air d'en avoir trois. Il fallait avoir les cheveux gras, des rouflaquettes, un bonnet, et tirer la gueule comme dans le magazine *Dazed & Confused*, et vendre des films en noir et blanc où des anorexiques dégingandés jouent de la guitare torse nu. (Ou alors des limousines qui roulent au ralenti sur fond verdâtre avec des couleurs saturées et des gosses portoricains qui jouent au volley-ball sous la pluie.) Plus on était monstrueusement bourré de fric (avec Internet les fortunes avaient pris trois zéros supplémentaires), plus on avait l'air d'un SDF. Tous les nouveaux milliardaires portaient des baskets pourries. Octave a d'ailleurs décidé qu'il ira dès sa sortie de l'asile demander des conseils en stylisme à son sosie clodo.

— Curieuse impression : quand j'étais petit, l'an 2000 c'était de la science-fiction. J'ai dû grandir parce qu'à présent c'est l'an dernier.

Octave a eu le temps de méditer dans cette

grande maison fin XIXᵉ. Il semble qu'à Meudon le temps passe plus lentement. Octave déambule sur la pelouse et ramasse un caillou âgé de deux mille ans. Contrairement aux tubes de dentifrice, les cailloux ne meurent jamais. Il le balance au loin, sous un arbre ; il y sera encore au moment où vous lirez ces lignes. Le caillou passera peut-être les 2000 prochaines années au même endroit. C'est ainsi : Octave est jaloux d'une pierre.

Il note :

> *Donne-moi tes cheveux*
> *Ton corps vigoureux*
> *Le sel de tes yeux*
> *Leur bleu rigoureux*

mais, n'ayant personne à qui adresser ce quatrain, il l'offre à son ami sidophile avant de quitter la maison Bellevue.

— Envoie-le à une de tes victimes. Tu verras, cela peut être excitant de regarder la réaction d'une femme qui lit autre chose qu'un résultat positif de test VIH.

— Fais voir... Ah non, t'es fou, non non, il fait trop serial killer ton poème.

2

Octave a attendu le séminaire au Sénégal pour faire son come-back entrepreneurial. La Rosse est comme une armée : de temps à autre, il lui faut des « quartiers libres » ; elle les appelle des « séminaires de motivation ». Cela donne 250 personnes dans des autobus qui roulent vers l'aéroport de Roissy. Beaucoup de dactylographes mariées (sans leurs maris), des comptables neurasthéniques (avec leur anxiolytique), des dirigeants paternalistes, une standardiste sévèrement lochée, un boudin devenu canon depuis qu'elle se tape le DRH et quelques créatifs qui se forcent à rire pour ressembler à des créatifs. On chante comme au karaoké — au besoin, on invente les paroles. On s'interroge : qui couchera avec qui ? Octave attend beaucoup des prostituées locales dont Dorothy O'Leary, une amie reporter à France 2, lui a vanté les charmes. Quant à Odile, 18 ans, dos nu, bandeau dans les cheveux, mules aux pieds, sac en jean en bandoulière, elle suce une Chupa-Chups au Coca-Cola. Et « se pose des questions ». À quoi reconnaît-on qu'une fille a 18 ans ? Facile : elle n'a ni rides ni poches sous les yeux, ses joues sont bien remplies comme celles des bébés, elle écoute Will Smith dans son Walkman et « se pose des questions ».

Odile a été embauchée comme stagiaire rédac pendant l'absence d'Octave. Elle n'aime que l'argent et la célébrité mais fait semblant d'être naïve. Les nouvelles filles font toutes ça : garder toujours les lèvres entrouvertes et les yeux ébaubis comme Audrey Marnay dans une série photo de Terry Richardson ; actuellement, le sommet de l'arrivisme consiste à feindre l'innocence. Odile raconte à Octave comment elle s'est fait percer la langue toute seule un samedi après-midi :

— Non, il n'y a pas d'anesthésie, le tatoueur se contente de tirer ta langue avec une pince afin d'enfoncer son clou à l'intérieur. Mais je t'assure, c'est pas douloureux, juste un peu gênant pour manger, enfin au début, surtout que moi ça s'est infecté alors ça donnait un goût de pus à tout ce que je bouffais.

Elle garde ses lunettes noires (« ce sont des verres correcteurs »), ne lit que des magazines anglo-saxons (*Paper, Talk, Bust, Big, Bloom, Surface, Nylon, Sleazenation, Soda, Loop, Tank, Very, Composite, Frieze, Crac, Boom, Hue*). Elle s'assied à côté d'Octave et quand elle retire son Walkman, c'est seulement pour dire qu'elle ne regarde plus la télé, « sauf Arte de temps en temps ». Octave se demande ce qu'il fout là (toujours la même question depuis sa naissance). Odile lui montre une tour qui jouxte l'autoroute :

— Regarde... La cité des 4 000. C'est là que j'habite. Près du Stade de France. La nuit, avec les éclairages, c'est beau comme *Independence Day*.

Comme Octave ne répond pas, elle en profite pour comparer son épilation avec une collègue.

— Je suis allée chez l'esthéticienne ce matin. L'épilation laser, ça fait super mal, surtout le maillot. Mais enfin je suis contente d'être épilée à vie.

— Tu me feras penser à acheter de la crème épilatoire à l'aéroport.

— On arrive à quelle heure à Dakar ?

— Vers minuit. Moi je fonce direct au night. On n'a que trois soirs, faut rentabiliser.

— Merde, j'ai oublié ma cassette de Lara Fabian !

— Dans l'avion, pour pas me déshydrater, je me démaquille, je me fais un peeling, et puis hop ! la crème hydratante.

— Moi je me fais les ongles. Pendant que ceux des pieds sèchent, j'attaque ceux des mains.

Octave tente de rester concentré. Il faut tenir sans coco, accepter la réalité non boostée, il faut faire partie de la société, respecter les êtres, il faut jouer le jeu. Il veut sortir de l'hospice sous de bons auspices. C'est pourquoi il lance ce ballon-sonde :

— Les filles, ça vous dirait de tirer un coup avec moi, vite fait mal fait ?

Elles le tancent et il aime ça.

— Pauvre nase.

— Plutôt crever.

Il sourit.

— Vous avez tort de refuser. Les filles disent

134

souvent oui trop tard, quand les garçons ont renoncé, ou trop tôt, quand ils ne leur ont rien demandé.

— ...

— En plus je suis prêt à raquer jusqu'à cinq mille balles.

— Non mais vous entendez ça ? Il nous traite de putes !

— Tu t'es vu ? Même pas pour cent plaques.

Octave rit trop fort :

— Je vous signale que Casanova payait souvent ses maîtresses, il n'y a rien de déshonorant là-dedans.

Puis il leur montre l'échographie reçue par la poste.

— Regardez mon futur enfant. Vous ne me trouvez pas hyper-attendrissant tout à coup ?

Mais il fait un bide mérité. La cité des 4 000 rétrécit dans le pare-brise arrière. Octave ne sait même plus draguer. Il n'y croit plus assez. S'il existe une chose qui n'est pas compatible avec l'ironie, c'est bien la séduction. L'une des filles lui demande :

— Tu n'aurais pas un magazine de décoration intérieure ?

— Lequel : *Newlook ? Playboy ? Penthouse ?*

— Ha. Ha. Toujours aussi drôle, mon pauvre Octave.

— Tu sais que tu deviens vulgaire. Je croyais qu'on t'avait réparé la tête.

— Apparemment le boulot n'est pas terminé. Tu alzheimes complètement.

Octave baisse les yeux et regarde ses pieds compressés dans une paire de souliers violets (valeur : un SMIC par pied). Puis il relève la tête et se lamente à voix haute :

— Trêve de plaisanteries. Avez-vous déjà songé, mesdemoiselles, que tous les gens que vous voyez, tous les cons que vous croisez dans leur bagnole, toutes ces personnes, absolument toutes, vont mourir, sans exception ? Lui, là-bas, au volant de son Audi Quattro ? Et elle, la quadragénaire survoltée qui vient de nous doubler en Mini Austin ? Et tous les habitants de ces immeubles planqués derrière des murs antibruit inefficaces ? Avez-vous seulement imaginé le monceau de cadavres empilés que cela représente ? Depuis que la planète existe, 80 milliards d'êtres humains y ont séjourné. Gardez cette image à l'esprit. Nous marchons sur 80 milliards de morts. Avez-vous visualisé que tous ces sursitaires forment un gigantesque charnier futur, un paquet de corps puants à venir ? La vie est un génocide.

Et ça y est, il a vraiment cassé l'ambiance. Il est content de lui. Il tripote sa boîte verte de Lexomil dans la poche de son blouson en daim Marc Jacobs. Elle le rassure, telle la pastille de cyanure du héros de la Résistance avant l'interrogatoire, rue Lauriston, soixante ans plus tôt.

3

L'avion est plein de publicitaires. S'il s'écrasait,
ce serait un début de victoire pour la Sincérité. Mais
la vie est ainsi faite que les avions de publicitaires
ne s'écrasent pas. Les avions qui s'écrasent sont
remplis de gens innocents, d'amoureux transis, de
bienfaiteurs de l'humanité, d'Otis Redding, de
Lynyrd Skynyrd, de Marcel Dadi, de John-John
Kennedy. Ce qui confère tant d'arrogance aux com-
municateurs bronzés, c'est la certitude d'être à
l'abri : ils craignent davantage les krachs boursiers
que les crashs aériens. Octave sourit en tapant cette
phrase sur son iBook. Il est important, il est riche,
il a peur — tout cela est compatible. Il boit une
vodka-tonic en classe Espace 127. (« Dans l'Espace
127, vous découvrirez avec plaisir des sièges ergo-
nomiques et confortables. Ils s'inclinent à 127
degrés, car c'est l'angle que prend naturellement le
corps en état d'apesanteur. Équipés d'un téléphone,
d'une vidéo individuelle et d'un casque compensa-
teur de bruit, les sièges de l'Espace 127 vous offrent
un confort idéal de travail et de détente », dit la
body-copie d'« Air France Madame ».)

En Business Class, les planneurs stratégiques draguent les acheteuses d'art ; les directeurs généraux adjoints baratinent les tv-produceuses ; un coordinateur international caresse la cuisse d'une directrice du développement. (Dans une entreprise, on reconnaît vite les filles qui couchent avec un collègue : ce sont les seules qui s'habillent sexy.) Cette partouze sert à « resserrer les liens entre le personnel de l'entreprise et optimiser la communication interne au sein de la ressource humaine ». Octave a été éduqué pour accepter cet ordre des choses, et puis, la vie étant un bref laps de temps qu'on nous accorde sur un caillou qui tourne sans fin dans l'espace, pourquoi perdre ce bref laps de temps à remettre sans cesse en cause l'ORGANISATION ? Mieux vaut accepter les règles du jeu.

— Nous sommes dressés pour accepter. Je surfe sur du creux. Y a-t-il ici quelqu'un qui voudra bien m'enculer une bonne fois pour toutes ?

Autrefois ses provocations faisaient sourire ; maintenant elles font de la peine.

— Après tout ce que les hommes ont fait pour lui, Dieu aurait tout de même pu se donner la peine d'exister, vous ne croyez pas ?

Solitude dans la foule. Il interroge sans arrêt son téléphone mais celui-ci lui répète :

— « Votre boîte vocale ne contient aucun nouveau message. »

Octave s'endort devant un film avec Tom Hanks (plus qu'un acteur : un somnifère). Il rêve d'une séance de shooting aux Bahamas où il inspecte de ses doigts les chattes épilées et dégoulinantes de Vanessa Lorenzo et Heidi Klum. Il ne grince plus des dents. Il se croit tiré d'affaire. Il s'imagine qu'il a du recul, du second degré, une distance par rapport à tout cela. Avec un soupir discret, il pollue son 501 de chez Lévi-Strauss (collection « Tristes Tropiques » automne-hiver 2001).

Et l'Entreprise a atterri. L'Entreprise a récupéré ses bagages. L'Entreprise est remontée dans un autocar. L'Entreprise chantait des chansons de Fugain sans en saisir le pessimisme extrême : « Chante la vie chante/Comme si tu devais mourir demain », et : « Jusqu'à demain peut-être/Ou bien jusqu'à la mort. » Octave comprend enfin pourquoi le vaisseau spatial de *Star Trek* se nomme l'*Enterprise* : Rosserys et Witchcraft a des allures d'aéronef paumé dans le vide interstellaire à la recherche de vies extra-terrestres. En outre, pas mal de collègues ont les oreilles pointues.

À peine arrivée à l'hôtel, l'Entreprise se disperse : certaines productrices se jettent dans la piscine, d'autres se jettent sur des commerciaux, le reste va se coucher. Ceux qui n'ont pas sommeil vont danser au Roll's avec Odile et tous ses seins. Octave les suit, commande une bouteille de Gordon's et accepte de tirer sur un joint de ganja. Sur la plage, les choses sont clarifiées. Les blacks girls au rendez-vous. L'une d'elles lui dit :

— Viens dans ma loge.

Mais comme elle a l'accent de Conakry, Octave entend :

— Viens dans ma loche.

C'est rigolo. Le mensonge est réciproque, tout s'arrange. Il pose sa main sur son visage en murmurant :

— Chérie, les filles, je ne les baise pas : je préfère les perdre.

Sous haute protection de l'armée sénégalaise, le complexe touristique de Saly comprend quinze hôtels : l'agence a jeté son dévolu sur le Savana, qui cumule des dortoirs climatisés, deux piscines éclairées la nuit, des tennis, un mini-golf, un centre commercial, un casino et une discothèque, le tout au bord de l'océan Atlantique. L'Afrique a changé depuis les safaris d'Hemingway. Maintenant c'est principalement un continent que le monde occidental laisse mourir (le sida y a tué deux millions de personnes en 1998, principalement parce que les laboratoires pharmaceutiques qui fabriquent les trithérapies — par exemple, l'américain Bristol-Myers-Squibb — refusent de baisser les prix de leurs médicaments). Un lieu idéal pour remotiver des cadres moyens : sur cette terre ravagée par le virus et la corruption, au cœur de guerres absurdes et de génocides récurrents, le petit personnel capitaliste reprend confiance dans le système qui le fait vivre. Il s'achète des masques typiques en bois d'ébène, se fabrique des souvenirs, croit parfois échanger des vues avec les autochtones, envoie des cartes postales ensoleillées pour rendre jalouses les familles coincées dans l'hiver parisien. On montre l'Afrique comme contre-exemple aux pubeux, pour qu'ils soient pressés de rentrer chez eux, soulagés de constater qu'il y a pire ailleurs. Le reste de l'année devient alors acceptable : l'Afrique sert d'anti-appartement-témoin. Puisque les pauvres meurent, c'est que les riches ont raison de vivre.

On fend les vagues sur un scooter des mers, on prend des Polas, personne n'intéresse personne, tout le monde porte des tongs. En Afrique, un Blanc qui adresse la parole à un Noir n'a plus la condescendance raciste des colonisateurs d'antan ; désormais c'est bien plus violent. Désormais, il a le regard apitoyé du prêtre qui administre l'extrême-onction à un condamné à mort.

4

Bribes de dialogues au bord de la piscine du Savana Beach Resort.

Une assistante de direction (s'ébrouant) :
— Qu'est-ce qu'elle est bonne !

Octave : — Toi aussi.

Une chargée du trafic (mordant dans une mangue) : — J'ai envie de sain.

Octave : — Moi aussi.

Une directrice artistique junior (se dirigeant vers la cafétéria) : — On va bouffer ?

Octave : — Bouffer qui ?

La motivation tourne à plein régime. Le matin est consacré à des réunions d'autosatisfaction où le bilan de l'entreprise est porté aux nues. Les termes d'« autofinancement » et d'« amortissement pluriannuel » sont souvent employés pour justifier l'absence de prime de fin d'année. (En réalité, tout l'argent gagné par la filiale est déposé en fin d'exercice aux pieds de quelques vieux chauves de Wall Street qui ne viennent jamais à Paris, fument le cigare et ne disent pas merci. Comme les vassaux médiévaux ou les victimes des guerres Puniques, les dirigeants de R&W France déversent devant les actionnaires le butin de l'année en tremblant pour le crédit de leur résidence secondaire à rembourser.)

L'après-midi donne lieu à une séance d'autocritique constructive pour étudier comment améliorer la productivité mercatique. Octave a contracté la turista en mettant trop de glaçons dans son gintonic. Philippe le Président et Marc Marronnier le prennent à part de temps en temps, genre « on est contents que tu t'en sois sorti, on ne t'en parle pas mais on a un sourire complice et concerné par tes frasques, car on est des patrons modernes et cool, tu ne démissionnes pas, d'accord ? ». Ce qui n'empêche pas Philippe de rappeler à Octave combien la réussite du tournage Maigrelette est cruciale pour les bonnes relations de l'agence avec le groupe Madone.

— On vient d'avoir un Strategic Advertising Committee avec eux et on s'est fait sacrément remonter les bretelles.

— T'inquiète pas, Président, cette fois, je vomirai pas sur le client. D'ailleurs, tu sais que j'ai trouvé la fille idéale pour le film.

— Oui, je sais, la beurette, là... Va falloir me la retoucher en post-prod.

— T'en fais pas, c'est budgété. Tu te rends pas compte de tout ce qu'on peut faire aujourd'hui : on prend une fille qui a un beau cul et on lui incruste le visage d'une autre, les jambes d'une troisième, les mains d'une quatrième, les seins d'une cinquième. On fait des patchworks humains, on est des people-jockeys !

— Peut-être que vous devriez engager un chirurgien esthétique au lieu d'un réalisateur pour tourner le film.

Octave ne cherche plus à tout refuser, mais ne veut pas non plus s'avilir ; disons qu'il a mûri. Le voici soudain qui s'excite :

— Et d'abord pourquoi on ne pourrait pas prendre une rebeu pour le rôle ? Arrête d'être nazi comme nos clients ! Putain, y'en a marre de se laisser fasciser comme ça ! Nike a récupéré le look pétainiste sur ses affiches Nikepark, Nestlé refuse les Noirs sur un film de basket-ball, ce n'est pas une raison pour faire la même chose ! Non mais on va où, là, si personne n'ouvre sa gueule ? La pub est même devenue révisionniste : Gandhi vend les ordinateurs Apple ! Tu te rends compte ? Ce saint homme qui refusait toute technologie, s'habillait en moine et marchait pieds nus, le voici transformé en commercial informaticien ! Et Picasso est un nom de bagnole Citroën, Steve McQueen conduit une Ford, Audrey Hepburn porte des mocassins Tod's ! Tu crois qu'ils se retournent pas dans leur tombe, ces gens-là, d'être transformés en VRP posthumes ? C'est la nuit des morts-vivants ! Cannibal Holocaust ! On bouffe du cadavre ! Les zombies font vendre ! Mais où est la limite ? La Française des Jeux a même sorti des affiches Monopoly avec Mao, Castro et Staline pour gagner au grattage ! Qui dira stop si toi, Philippe, le boss, tu ne mouftes

144

pas devant le racisme et le négationnisme de la communication mondiale ?

— Oh là là qu'il est fatigant depuis qu'il ne sniffe plus ! Tu crois que je réfléchis jamais ? Bien sûr que ça me débecte ce boulot, seulement moi je pense à ma femme, à mes enfants, je ne suis pas mégalo au point de croire que je vais tout révolutionner, bordel, Octave, un peu d'humilité ! Suffit d'éteindre ta télé, de ne plus aller chez McDo, la merde ambiante n'est pas ma faute, c'est la vôtre, à vous qui achetez des Nike fabriquées par des esclaves indonésiens ! Facile de rouspéter sur le système tout en le faisant fonctionner ! Et puis arrête de me prendre pour un demeuré sous prétexte que je suis pété de pognon ! Bien sûr qu'il y a des trucs qui m'insupportent. Pas tellement le fait de choisir des castings à la peau blanche, parce que ça, on n'y peut rien, c'est la cible qui est raciste, pas l'annonceur. Ni le prodige de faire parler les morts : l'image des grands artistes leur a toujours échappé, tous ces génies se retournaient déjà dans leur tombe de leur vivant. Dali a donné l'exemple ! Non, moi, ce qui m'énerve, vois-tu, mon petit Gucche, ce sont toutes les nouvelles fêtes que la pub a inventées pour pousser les gens à consommer : j'en ai ras le bol de voir ma famille tomber dans le panneau, fêter Noël, à la rigueur — même si le Père Noël reste l'invention d'une chaîne de distrib' américaine —, mais la Fête des Mères du Maréchal Pétain, la Fête des Pères, la Fête des Grand-Mères du café éponyme, Halloween, la Saint-Patrick, la Saint-Valentin, le Nouvel

An Russe, le Nouvel An Chinois, la journée Nutrasweet, les réunions Tupperware, c'est n'importe quoi ! Bientôt le calendrier sera rempli de marques : les saints seront remplacés par 365 logos !

— Eh ben tu vois, patron, que j'ai raison de te pousser dans tes retranchements. Moi aussi je déteste Halloween : on avait la Toussaint avant, je ne vois pas pourquoi il a fallu aller chercher une fête outre-Atlantique.

— Ah mais parce que c'est le contraire ! À la Toussaint on allait visiter ses morts alors qu'à Halloween ce sont les morts qui viennent nous rendre visite. C'est bien plus pratique, y a aucun effort à faire. Tout est là : LA MORT SONNE À TA PORTE ! C'est ça qu'ils adorent ! La mort VRP, comme un facteur qui vient fourguer le calendrier de la Poste !

— Je crois surtout que les gens préfèrent mille fois se déguiser en monstres et foutre des bougies dans une citrouille plutôt que de penser aux proches qu'ils ont perdus. Mais dans ton énumération, je te signale que tu as oublié la plus grosse fête commerciale : le Mariage, qui fait l'objet d'intenses campagnes de pub et de promo chaque année dès le mois de janvier — affichage pour la Boutique Blanche du Printemps et les listes aux Galeries Lafayette et au Bon Marché, couvertures de tous les magazines féminins, intoxication radio et télé, etc. Complètement brainwashés, les jeunes couples croient qu'ils se marient parce qu'ils s'aiment, ou pour trouver le bonheur, alors qu'on veut juste leur vendre de la vaisselle, des serviettes de bain, des cafetières, un canapé, un four à micro-ondes...

— Tiens, ça me fait penser à un truc... Octave, tu te souviens sur Barilla, quand tu nous avais proposé une baseline avec le mot « bonheur » dedans ?

— Ah oui... Le service juridique nous avait expliqué qu'on ne pouvait pas, c'est ça ?

— Oui ! Parce que le mot « bonheur » est une marque déposée par Nestlé !! LE BONHEUR APPARTIENT À NESTLÉ.

— Attends, ça ne m'étonne pas, tu sais que Pepsi veut déposer le bleu.

— Hein ?

— Ouais, véridique, ils veulent s'acheter la couleur bleue, en être propriétaires, et c'est pas fini : ils financent des programmes d'éducation sur CD-Rom, distribués gratos dans les écoles primaires. Comme ça les enfants apprennent leurs leçons à l'école sur des ordinateurs Pepsi ; ils s'habituent à lire le mot « soif » à côté de la couleur « Pepsi ».

— Et quand ils regardent le ciel Pepsi, leurs yeux Pepsi s'éclairent et s'ils tombent de vélo, leurs tibias se couvrent d'ecchymoses Pepsi...

— Pareil avec Colgate : la marque offre des cassettes vidéo aux enseignants pour expliquer aux gosses qu'il faut se laver les dents avec leur dentifrice.

— Oui, j'en ai entendu parler. L'Oréal fait la même chose avec le shampooing « Petit Dop ». Laver leurs cerveaux ne leur suffisait pas, alors ils s'attaquent aussi à leurs cheveux !

Philippe éclate d'un rire excessif qui n'empêche pas Octave de poursuivre :

— Ça me rassure que tu t'intéresses à tout ça...

— Je suis lucide : tant qu'il n'y aura rien d'autre, la pub prendra toute la place. Elle est devenue le seul idéal. Ce n'est pas la nature, c'est l'espérance qui a horreur du vide.

— C'est terrible. Non attends, ne pars pas, pour une fois qu'on cause, j'ai une anecdote encore meilleure. Quand les annonceurs ne savent plus comment vendre, ou bien sans raison, juste pour justifier leur salaire indécent, ils ordonnent un CHANGEMENT DE PACKAGING. Ils paient alors très cher des sociétés pour relooker leurs produits. Ils font des heures de réunions. Un jour, j'étais chez Kraft Jacobs Suchard dans le bureau d'un garçon aux cheveux en brosse, Antoine Poissard, ou Ponchard, ou Paudard, enfin un nom comme ça...

— Poudard.

— ... oui voilà, Poudard, ça ne s'oublie pas. Il me montrait les différents logos qu'on lui proposait. Il voulait mon avis. Il jubilait sur place, au bord de l'orgasme ; il se sentait utile et important. Sur le sol, il étalait les projets de paquet et nous étions face à face dans cet immeuble de Vélizy, lui rasé de près, avec une cravate Tintin et Milou, moi en pleine descente de cé, nous buvions du café froid qu'une vieille secrétaire pas baisée depuis trente ans nous apportait en soufflant. Je l'ai regardé dans les yeux et à ce moment-là j'ai senti qu'il doutait, qu'il se demandait pour la première fois de sa vie ce qu'il foutait là, et je lui ai dit de choisir n'importe lequel, et il a tiré au sort le logo retenu en faisant « am, stram, gram, pic et pic et colégram, bour et bour et ratatam, am, stram, gram, pic, dam », et ce pack est aujourd'hui sur tous les rayonnages de tous les supermarchés d'Europe... C'est beau comme parabole, non ? NOTRE CONDITIONNEMENT FUT TIRÉ AU SORT.

Mais cela fait longtemps que Philippe a tourné les talons. Il n'aime pas se laisser entraîner à mordre la main qui le nourrit. Il fuit la confrontation prolongée. Il range sa révolte au rayon « autodérision mensuelle pour déjeuners au Fouquet's ». C'est pour ça qu'il a sommeil de plus en plus tôt le matin.

Octave inspire et expire de l'air chaud. Des voiliers traversent la baie sans faire de bruit. Les filles de l'agence se font toutes faire des tresses dans les cheveux pour ressembler à Iman Bowie (résultat : elles ressemblent à Bo Derek vieille). Au moment du Jugement Dernier, quand on arrêtera tous les publicitaires pour leur demander des comptes, Octave ne pourra être tenu que pour partiellement responsable. Il n'aura tout juste été qu'un apparatchik, un employé légèrement mou, qui fut même, un jour, traversé par le doute — son séjour à Meudon pourra sans doute lui valoir les circonstances atténuantes et l'indulgence du jury. En plus, contrairement à Marronnier, il n'a jamais eu de Lion à Cannes.

Il téléphone à Tamara, sa pute platonique, en pensant à Sophie, la mère de l'enfant qu'il ne verra pas. Trop d'absentes dans sa vie.

— Je te réveille ?

— Hier soir j'ai fait un client au Plaza, grésille-t-elle, je te raconte pas, sa queue c'était un bras d'enfant, il m'aurait fallu un pied de biche pour l'enfourner. POUR L'AMEUBLEMENT L'ÉLEC-TROMÉNAGER BOUM BOUM CHOISISSEZ BIEN CHOISISSEZ BUT.

— Qu'est-ce que c'est que ça ??

— Ça ? Oh, rien, c'est pour ne pas payer le télé-phone : ils diffusent quelques pubs de temps en temps et, en échange, les communications sont gra-tuites.

— Tu as signé pour cette horreur ?!

— CHEZ CASTO Y A TOUT CE QU'Y FAUT OUTILS ET MATÉRIAUX CASTOCASTOCASTO-RAMA. Ouais, enfin, on s'y fait, tu verras, moi je m'y suis habituée. Enfin, bref, donc mon client d'hier soir, heureusement qu'il était complètement défoncé, il bandait mou, mais monté comme un poney, je te jure, enfin je lui ai fait un petit strip sur le lit, il m'a demandé s'il pouvait sniffer un gé sur mes pieds et après on a regardé un film de boules, je m'en suis plutôt bien sortie. INTERMAR-CHÉ LES MOUSQUETAIRES DE LA DISTRIBU-TION. Il est quelle heure ?

— Trois heures de l'après-midi.

— Ouaaa, je suis claquée, j'étais serpillière au Banana à sept du, les faux cils collés sur les dents. Et toi, ça va, t'es où ?

150

— Au Sénégal. Tu me manques. Je suis en train de lire « Extension du domaine de la pute ».

— Arrête tes conneries, je vais vomir dans mon sac à main. CAILLAUX CAILLAUX CAILLAUX LUMINAIRES RÉPONDIT L'ÉCHO. Tu veux pas me rappeler plus tard ?

— Tu tiens le portable contre ton oreille ? Fais gaffe. Les téléphones cellulaires fissurent l'ADN. Ils ont fait des tests sur les souris : exposées à un téléphone mobile, leur mortalité augmente de 75 %. Je me suis acheté une oreillette pour brancher sur le portable, tu devrais faire pareil, moi je ne veux pas de tumeur au cerveau.

— Mais Octave, tu n'as pas de cerveau. CONTINENT L'ACHAT GAGNANT.

— Excuse-moi mais j'ai du mal avec tes jingles, là. Je raccroche, rendors-toi, ma gazelle, ma berbère, mon Alerte à Marrakech.

Le problème de l'homme moderne n'est pas sa méchanceté. Au contraire, il préfère, dans l'ensemble, pour des raisons pratiques, être gentil. Simplement il déteste s'ennuyer. L'ennui le terrifie alors qu'il n'y a rien de plus constructif et généreux qu'une bonne dose quotidienne de temps morts, d'instants chiants, d'emmerdement médusé, seul ou à plusieurs. Octave l'a compris : le vrai hédonisme, c'est l'ennui. Seul l'ennui permet de jouir du présent mais tout le monde vise le contraire : pour se désennuyer, les Occidentaux fuient par l'intermédiaire de la télé, du cinéma, d'Internet, du téléphone, du jeu vidéo, ou d'un simple magazine. Ils ne sont jamais à ce qu'ils font, ils ne vivent plus que par procuration, comme s'il y avait un déshonneur à se contenter de respirer ici et maintenant. Quand on est devant sa télé, ou devant un site interactif, ou en train de téléphoner sur son portable, ou en train de jouer sur sa PlayStation, on ne vit pas. On est ailleurs qu'à l'endroit où l'on est. On n'est peut-être pas mort, mais pas très vivant non plus. Il serait intéressant de mesurer combien d'heures par jour nous passons ainsi ailleurs que dans l'instant. Ailleurs que là où nous sommes. Toutes ces machines vont nous inscrire aux abonnés absents, et il sera très compliqué de s'en défaire. Tous les gens qui critiquent la Société du Spectacle ont la télé chez eux. Tous les contempteurs de la Société de Consommation ont une Carte Visa. La situation est inextricable. Rien n'a changé depuis Pascal : l'homme continue de fuir son angoisse dans le divertissement. Simplement le divertissement est devenu si omniprésent qu'il a remplacé Dieu. Comment fuir le divertissement ? En affrontant l'angoisse.

Le monde est irréel, sauf quand il est chiant.

Octave s'emmerde avec délectation sous un cocotier ; son bonheur consiste à regarder deux sauterelles s'enculer sur du sable en marmonnant :

— Le jour où tout le monde acceptera de s'emmerder sur Terre, l'humanité sera sauvée.

Il est dérangé dans son ennui délicat par un Marc Marronnier bougon.

— Alors c'est vraiment terminé avec Sophie ?

— Ouais, enfin je sais pas... Pourquoi tu me demandes ça ?

— Pour rien. Je peux te parler deux minutes ?

— Même si je répondais non, tu me parlerais quand même et je serais contraint de t'écouter pour raisons hiérarchiques.

— C'est vrai. Alors ta gueule. J'ai vu le story-board que vous avez vendu à Maigrelette : c'est un désastre. Comment avez-vous pu pondre une merde pareille ?

Octave se frotte les oreilles pour s'assurer qu'il a bien entendu.

— Attends, Marc, c'est TOI qui nous as dit de chier une bouse sur ce budge !

— Moi ? J'ai jamais dit ça.

— T'es amnésique ou quoi ? On s'est fait jeter douze campagnes et tu nous as même dit qu'il fallait déclencher le plan Orsec, la bouse de dernière minute pour...

— Excuse-moi de t'interrompre mais c'est toi le malade drogué qui sors de cure, alors n'inverse pas les rôles, OK ? Je sais ce que je dis à mes créatifs. Jamais je ne t'aurais laissé montrer une nullité pareille à un client aussi vitrine pour l'agence. J'en ai marre de chier la honte dans les dîners en ville. « MAIGRELETTE. POUR ÊTRE MINCE SAUF DANS SA TÊTE. » Non mais tu te fous de qui ?

— Attends, Marc. Que tu sois d'une confondante mauvaise foi, à la limite d'accord, on est habitués. Mais là, le script Maigrelette est vendu, il a bien testé, il y a déjà eu deux réunions de pré-pro : c'est un peu tard pour tout changer. J'ai bien réfléchi et...

— Je ne t'ai pas engagé pour réfléchir. On n'est jamais à l'abri de trouver mieux. Tant que le film est pas à l'antenne, on peut tout modifier. Alors moi je te dis un truc : Charlie et toi, vous allez vous démerder pour me modifier ce script sur le tournage. Putain, c'est l'image de la Rosse qui est en jeu !

Octave approuve et ferme sa gueule. Il sait très bien que ce n'est pas l'image de la Rosse qui préoccupe son directeur de création, mais son fauteuil en passe de devenir un siège éjectable. Si Philippe est venu lui en toucher deux mots auparavant, c'est qu'il doit y avoir une pression maximale venue de chez Madone ; ça sent la partie de chaises musicales, cette histoire. En d'autres termes : ce soir, il y a du licenciement dans l'air sénégalais, et malheureusement, Octave a l'intuition qu'il ne s'agit même pas du sien.

Le deuxième soir, le maître des cérémonies avait organisé une expédition dans la brousse. Le but : faire croire aux employés en contrat à durée indéterminée qu'ils allaient voir du pays, s'évader de leur prison de luxe. Mais, bien sûr, il n'en était rien : transportés en 4 × 4 au bord du lac Rose pour un spectacle de danse africaine suivi d'un méchoui, ils ne verraient rien de vrai. Ils se déplaceraient uniquement pour vérifier que le paysage ressemblait bien à la brochure fournie par le tour operator. Le tourisme transforme le voyageur en contrôleur, la découverte en vérification, l'étonnement en repérage, le routard en saint Thomas. Mais bon, Octave se faisait tout de même bouffer par les moustiques ; une part d'aventure restait donc possible si l'on avait oublié son spray à la citronnelle dans sa chambre d'hôtel.

Après le souper, un combat de lutte sénégalaise opposa les séminaristes (siglés Lacoste) aux guerriers de la tribu factice (déguisés en indigènes des films de Tarzan). L'occasion d'admirer Marronnier en slip kangourou rouler dans la glaise, sur fond de tam-tam, sous le baobab géant, la lune, les étoiles, avec le vin au goût d'essence, les éclats de rire dentés de la chargée des relations extérieures, le regard affamé des enfants du coin, la chaleur de l'herbe de Casamance, la semoule pimentée, et Octave avait de nouveau envie d'embrasser le ciel, de remercier l'univers d'être ici, même provisoirement.

Il aimait cette moiteur permanente qui fait glisser les mains sur les peaux. Elle confère aux baisers un goût brûlant. Chaque détail prend de la valeur quand plus rien n'a de sens. Décrocher, c'était bien le minimum vital pour un accro. Octave était parti à reculons dans ce voyage obligatoire ; or voici qu'il frôlait le sublime, touchait l'éternel, caressait la vie, dépassait le ridicule, comprenait la simplicité. Quand le dealer surnommé « Mine d'Or » lui livra son sachet quotidien de ganja, il se vautra sur la plage en balbutiant : « Sophie », le prénom qui lui coupait la respiration.

— L'amour n'a rien à voir avec le cœur, cet organe répugnant, sorte de pompe gorgée de sang. L'amour serre d'abord les poumons. On ne devrait pas dire « j'ai le cœur brisé » mais « j'ai les poumons étouffés ». Le poumon est l'organe le plus romantique : tous les amants attrapent la tuberculose ; ce n'est pas un hasard si c'est de cette maladie que Tchekhov, D.H. Lawrence, Frédéric Chopin, George Orwell et sainte Thérèse de Lisieux sont morts ; quant à Camus, Moravia, Boudard, Selby,

Marie Bashkirtseff et Katherine Mansfield, auraient-ils écrit les mêmes livres sans cette infection ? En outre, que l'on sache, la Dame aux Camélias n'est pas décédée d'un infarctus du myocarde ; cette punition est réservée aux arrivistes stressés, pas aux sentimentaux éperdus.

Octave planait et parlait tout seul :

— Tout le monde a au fond de lui un chagrin d'amour qui sommeille. Tout cœur qui n'est pas brisé n'est pas un cœur. Les poumons attendent la tuberculose pour sentir qu'ils existent. Je suis votre professeur d'éducation phtisique. Il faut avoir un nénuphar dans la cage thoracique, comme Chloé dans L'*Écume des jours* ou Mme Chauchat dans *La Montagne magique*. J'aimais te regarder dormir, même quand tu faisais semblant, quand je rentrais tard, bourré, je comptais tes cils, parfois il me semblait que tu me souriais. Un homme amoureux, c'est quelqu'un qui aime regarder sa femme dormir, et, de temps à autre, jouir. Sophie, m'entends-tu à des milliers de kilomètres de distance comme dans les pubs SFR ? Pourquoi faut-il que les gens s'en aillent pour qu'on s'aperçoive qu'on les aimait ? Ne vois-tu pas que tout ce que je te demandais c'était de me faire juste un peu souffrir, comme au début, d'une embellie pulmonaire ?

Mais déjà débarquaient les dactylographes dénudées et Odile la stagiaire poitrinaire ; elles faisaient tourner une pipe d'herbe, ce qui autorisait de nombreuses plaisanteries vaseuses :

— Rien de tel qu'une pipe à quatre.

— Je tire, je tire, mais rien ne vient.

— Tu es sûre que tu avales ?

— On est d'accord pour une autre séance de pipe, mais il faudrait que tu la laves avant.

Là, ça semble vulgaire, mais dans le contexte, c'était vraiment poilant.

Les collègues cadres du sexe masculin ont tous un pull sur les épaules, simplement noué ou négligemment jeté par-dessus leur polo Ralph Lauren rose. Octave trouve cela inadmissible et il s'auto-énerve :

— MAIS QU'EST-CE QU'ILS ONT TOUS AVEC LEURS PULLS NOUÉS AUTOUR DU COU ! De deux choses l'une. Ou bien il fait froid et on enfile le pull, ou bien il fait chaud et on le laisse à la maison. Le pull autour du cou trahit la lâcheté, l'incapacité de prendre une décision, la peur des courants d'air, l'imprévoyance et la veulerie, l'exhibitionnisme du shetland (parce que, évidemment, ces messieurs sont trop radins pour s'acheter du cachemire). Ils portent cette espèce de pieuvre molle autour du cou parce qu'ils ne sont pas foutus de choisir une tenue adaptée au temps qu'il fait. Toute personne qui a un pull sur les épaules est trouillarde, inélégante, impuissante, lâche. Les filles, jurez-moi de vous en méfier comme de la peste. NON À LA DICTATURE DU PULL SUR LES ÉPAULES !

Puis, ce fut la nuit, le jour, et un barbecue de langoustes grillées sur pilotis. Qui parle de décolonisation ? Rien ne colonise davantage que la publicité mondiale : au fin fond de la plus petite hutte du bout du monde, Nike, Coca-Cola, Gap et Calvin Klein ont remplacé la France, l'Angleterre, l'Espagne et la Belgique. Simplement les petits nègres doivent se contenter de miettes : casquettes copiées, fausses Rolex et chemises Lacoste dont le crocodile, mal imité, se détache au premier lavage. Le rosé tape un peu mais n'est-il pas là pour ça ? On en boit dix-sept bouteilles à huit. Charlie est déchaîné — il participe comme un fou à toutes les animations de l'hôtel, queues leu leu, karaokés, concours de tee-shirts mouillés, et distribue des jouets McDo aux gamins indigènes qui crient : « Cadeaux ! Cadeaux ! »

Octave sait que dès lundi ce mensonge prendra fin. Mais quand un mensonge s'arrête, cela ne veut pas dire qu'on rejoint la vérité. Attention : un mensonge peut en cacher un autre.

Bon sang, ce que c'est compliqué, si on ne fait pas gaffe, on peut se faire avoir en moins de deux.

Charlie tape dans le dos d'Octave qui lui tend son pétard.

— Dis donc, tu savais que Pepsi voulait déposer le bleu ?

— Ouais, Charlie, bien sûr que je le sais, et le bonheur appartient à Nestlé, qu'est-ce que tu crois ? Je me tiens au courant de l'actu...

— Justement. Regarde ça ! (Il brandit un exemplaire du *Monde*.) J'en ai une encore meilleure pour ton bouquin : l'institut Médiamétrie vient de mettre au point un nouveau système de mesure d'audience. C'est un boîtier qui contient une caméra à infrarouges pour surveiller les mouvements de l'œil et une montre contenant un micro, un processeur et une mémoire pour enregistrer l'activité de l'oreille. Ils vont enfin savoir ce que les consommateurs regardent et écoutent chez eux, mais pas seulement devant la télé, en voiture aussi, dans l'hypermarché, partout ! GRAND FRÈRE VOUS REGARDE !

Charlie tire sur le joint et se met à tousser. Octave est déjà mort de rire.

— Vas-y, tousse, Mister Rempart, tousse, c'est la meilleure chose à faire. Finalement, Orwell a bien fait d'être tubard. Cela lui a évité de voir à quel point il avait raison.

Le séminaire de motivation commence par une utopie collectiviste : soudain nous sommes tous égaux, les esclaves tutoient les patrons, place à l'orgie sociale. Du moins le premier soir. Parce que, dès le lendemain matin, les clans se reforment, on ne se mélange plus sauf la nuit, dans les couloirs où s'échangent les clés de chambre : le vaudeville devient alors la seule utopie. Il y a une juriste ivre morte qui pisse accroupie dans le jardin ; une secrétaire qui déjeune seule car personne ne veut lui parler ; une directrice artistique sous calmants qui casse la gueule à tout le monde dès qu'elle a bu un verre de trop (mais très violemment : gifles, coups de poing dans l'œil, Octave a même eu sa chemise arrachée) ; en fait, il n'y a pas une seule personne normale dans ce voyage. La vie dans l'Entreprise reproduit la cruauté de l'école, en plus violent car personne ne vous protège. Vannes inadmissibles, agressions injustes, harcèlement sexuel et guéguerres de pouvoir : tout est permis comme dans vos plus affreux souvenirs de cour de récréation. L'ambiance faussement détendue de la pub reproduit le cauchemar de la scolarité à la puissance mille. Tout le monde se permet d'être grossier avec tout le monde comme si tout le monde avait 8 ans et il faut le prendre avec le sourire, sous peine de n'être « pas cool ». Les plus malades sont bien entendu ceux qui se croient les plus normaux : dégéas persuadés d'avoir raison d'être dégéas, directeurs de clientèle convaincus d'avoir tort de ne pas être pédégé, responsables du trafic attendant la retraite, patrons sur la sellette, dégés en goguette. Mais où donc est Jef ? Octave ne l'a pas vu du voyage. Dommage, ce commercial de choc aurait pu le renseigner sur l'angoisse qui semble tenailler les dirigeants de la Rosse. Duler-est-une-merde a encore dû les poignarder dans le dos.

Sur la plage Octave pleure d'émotion en admirant le sable collé à la sueur des filles, leurs bleus sur les cuisses, les écorchures aux genoux, encore une taffe et il serait foutu de tomber amoureux d'une omoplate. Chaque jour il lui faut sa ration de grains de beauté. Il embrasse Odile sur les bras parce qu'elle porte « Obsession ». Il lui parle de son coude pendant des heures.

— J'aime ton coude pointé vers l'avenir. Laisse-moi admirer ton coude dont tu ignores le pouvoir. Je préfère ton coude à toi. Allume ta cigarette, oui, approche la flamme de ton visage. Tente une diversion si tu veux, tu ne m'empêcheras pas d'embrasser ton coude. Ton coude est ma bouée de sauvetage. Ton coude m'a sauvé la vie. Ton coude existe, je l'ai rencontré. Je lègue mon corps à ton coude fragile qui me donne envie de pleurer. Ton coude c'est un os et de la peau par-dessus, une peau un peu usée, que tu fis saigner quand tu étais petite. Autrefois il y avait souvent une croûte à l'endroit que j'embrasse. Ce n'est pas grand-chose, un coude, et pourtant, j'ai beau chercher, je ne vois pas d'autre raison de vivre en cet instant précis.

— Tu es trognon.

— Lécher ton coude me suffit pour le moment. La mort suivra.

Il déclame :

Les coudes d'Odile
Sont mon talon d'Achille.

Puis, utilisant le dos d'Odile comme écritoire, notre Valmont bronzé écrit une carte postale à Sophie :

« Chère Obsession,

Pourrais-tu avoir la gentillesse de me sauver de moi-même ? Sinon je mets les pieds dans l'eau et les doigts dans la prise. Il existe une chose qui est pire que d'être avec toi : c'est d'être sans toi. Reviens. Si tu reviens, je t'offre une New Beetle. Bon, d'accord, c'est un peu con comme proposition mais c'est ta faute : depuis que tu es partie, je deviens de plus en plus sérieux. Je me suis aperçu qu'il n'existait pas d'autre fille comme toi. Et j'en ai conclu que je t'aimais. »

Inutile de signer, Sophie reconnaîtra un style si personnel. Juste après avoir envoyé la carte postale, Octave regrette de ne pas l'avoir suppliée à genoux : « au secours j'y arrive pas je peux pas me passer de toi Sophie c'est pas possible qu'on soit plus ensemble si je te perds je perds tout », merde, ramper à ses pieds, voilà ce qu'il fallait faire, même ça il n'en a pas été capable ?

Avant Sophie, il draguait les filles en leur reprochant d'avoir des faux cils. Elles démentaient. Il leur demandait alors de fermer les yeux pour vérifier, et en profitait pour embrasser leurs lèvres brillantes. Il y avait aussi le coup du camion :

— Dis « camion ».

— Camion.

— Pouêt Pouêt (en leur touchant les seins).

Sans oublier le pari :

— Je te parie que je peux te toucher les fesses sans toucher tes vêtements.

— OK.

— Perdu (en leur mettant la main aux fesses).

Et encore le coup du « téquila boum boum » : on dit à la fille de serrer entre ses dents un morceau de citron vert, on met du sel sur sa main, on lèche le sel, on boit une rasade de téquila-Schweppes cul sec, et on va chercher le citron dans sa bouche. Au bout de trois parcours de ce genre, le citron vert est généralement remplacé par la langue.

Contre toute attente, ces stratagèmes fonctionnaient. Avec Sophie ce fut différent. Il lui fit croire qu'il s'intéressait vraiment à elle. Et elle fit semblant de l'écouter. Ils finirent par croire ce qu'ils ne se disaient pas. Et un jour, elle lui posa la question :

— Pourquoi tu ne dis rien ?

— Quand je ne dis rien, c'est très bon signe : ça veut dire que je suis intimidé. Quand je suis intimidé, c'est très bon signe : ça veut dire que je suis troublé. Quand je suis troublé, c'est très bon signe : ça veut dire que je tombe amoureux. Et quand je tombe amoureux, c'est très mauvais signe.

Il l'a aimée parce qu'elle était mariée. Il en est tombé amoureux parce qu'elle n'était pas libre. Il travaillait avec elle chez TBWA de Plas mais ne pouvait pas l'avoir. Il l'a aimée aussi parce que lui était marié, que c'était interdit, secret et salaud. Il l'a aimée comme toutes les femmes qu'on n'a pas le droit de draguer : sa mère, sa sœur, les fiancées de son père, et son premier amour, impossible, à sens unique. L'amour ressemble aux dominos : la première fois qu'on tombe entraîne toutes les autres chutes. Il l'a désirée comme toutes les jolies filles de son enfance, c'est-à-dire sans qu'elle le sache. Puis il lui a dit : « Quand je tombe amoureux, c'est très mauvais signe » et elle n'a pas été étonnée. Il lui avait donné rendez-vous à minuit sur le pont des Arts, troisième banc à partir de l'Académie française, assis face au Pont-Neuf, là où la Seine se divise en deux bras ouverts vers l'avenir. Après, c'est devenu presque trop joli pour être vrai. Il a suffi qu'elle vienne au rendez-vous.

— Excusez-moi, mademoiselle, pourrais-je avoir vos coordonnées afin de vous recontacter ultérieurement ?

— Mais tout à fait, monsieur...

— Octave, appelez-moi Octave. Je crois que je suis amoureux de vous. Cela ne vous dérangerait pas que je dérape sur vos seins, s'il vous plaît, madame ?

— Faites comme chez vous. Mais peut-être pourriez-vous tourner votre langue sept fois dans ma bouche avant de parler ?

— Auriez-vous un local ?

C'est dommage de tomber amoureux aussi facilement. Il y a une explosion de sensualité qui pend au nez des gens maqués. Le plaisir est l'épée de Damoclès du mariage. Sophie l'emmena dans le parking de l'agence, rue du Pont-Neuf, un endroit sombre et silencieux pour faire l'amour contre un mur de béton, debout entre deux bagnoles de fonction. Le plus long orgasme de leur vie à tous les deux. Ensuite, elle lui emprunta son téléphone portable, y tapa son numéro et l'enregistra en mémoire :

— Comme ça, tu ne pourras pas dire que tu l'as perdu.

Octave était tellement amoureux d'elle que son corps se rebellait dès qu'il en était séparé. Il attrapait des boutons, des allergies, des plaques rouges dans le cou, des douleurs stomacales, des insomnies continues. Quand le cerveau croit tout contrôler, le cœur se révolte, les poumons se vident. Toute personne qui nie son amour devient une mocheté et tombe malade. Être sans Sophie enlaidissait Octave. Cela reste valable aujourd'hui : il n'y a pas que la drogue qui lui manque.

— MA BITE CRIE FAMINE !

Octave crie au micro. Odile ondule. Dans la boîte de nuit de l'hôtel, Octave met les disques. Il doit se démerder avec ce qu'il y a : quelques vieux maxis discos, des compils de variété française, trois 45 tours moisis. Tant bien que mal, il parvient à remplir la piste avec les moyens du bord, notamment la plus belle chanson du monde : « C'est si bon/De partir n'importe où/Bras dessus bras dessous/En chantant des chansons », par Eartha Kitt. Mais il cède aussi à la facilité en passant « YMCA ».

— Les Village People c'est comme le vin, clame Octave : meilleur en vieillissant.

Tout plutôt que « Marcia Baïla ». De temps en temps, Odile se colle contre lui devant ses copines. Et dès que les copines s'éloignent, elle se détache. Ce n'est pas lui qui lui plaît, c'est *lui devant son girls band à elle.* Il se sent vieux et laid dans un monde jeune et beau. Il la rattrape par le poignet et se fâche :

— C'est pénible les allumeuses de 18 ans.

— Moins que les divorcés de 33.

— La seule chose que je ne pourrai jamais changer chez toi, c'est mon âge.

Il court après plein de jolies filles pour éviter de se demander pourquoi il court après plein de jolies

166

filles. La réponse, il ne la connaît que trop : pour éviter de rester avec une seule.

Plus tard, il ne s'est rien passé. Octave a ramené Odile dans sa chambre ; elle titubait. Il s'est allongé sur son lit. Elle a filé dans la salle de bains et il l'a entendue vomir. Puis elle a tiré la chasse d'eau et s'est brossé les dents en espérant qu'il n'avait rien remarqué. Quand elle s'est déshabillée, Octave a fait semblant de dormir, puis s'est endormi pour de vrai. La chambre sentait le vomi au Fluocaril.

Dans l'avion du retour, on déplora une avalanche de brushings et quelques pannes de déodorant. Octave déclamait à haute voix les « Paroles, Paroles » d'Alain Delon dans la chanson de Dalida :
« C'est étrange
Je ne sais pas ce qui m'arrive ce soir
Je te regarde comme pour la première fois
Je ne sais plus comment te dire
Mais tu es cette belle histoire d'amour
que je ne cesserai jamais de lire
Tu es d'hier et de demain
de toujours
Ma seule vérité. »
Curieux comme le second degré redescend parfois au premier.
« Tu es comme le vent qui fait chanter les violons et emporte au loin le parfum des roses. »
Personne de sa génération n'ose plus parler comme ça.

« Tu es pour moi la seule musique qui fait danser les étoiles sur les dunes. »

Il a si souvent écouté ces mots en hurlant de rire avec des amis bourrés. Pourquoi les trouvaient-ils si ridicules ? Pourquoi le romantisme nous met-il si mal à l'aise ? On a honte de nos émotions. On traque le pathos comme la peste. Il n'est pas souhaitable de glorifier la sécheresse.

« Tu es mon rêve défendu
Mon seul tourment
Et mon unique espérance. »

Les secrétaires gloussent alors qu'elles fondraient en larmes devant le premier mec qui oserait leur dire « tu es mon rêve défendu » en les regardant droit dans les yeux. Peut-être ricanent-elles nerveusement d'envie. Elles changent de sujet, évoquent les tarifs avantageux de développement photo offerts par le Comité d'Entreprise. Elles n'appellent les dirigeants que par leurs initiales :

— Est-ce que FHP en a parlé à PYT ?
— Il faudra voir ça avec JFD.
— La PPM s'est bien passée avec HPT et RGP.
— Oui mais LG et AD n'ont rien validé.

Le reste du vol sert à rouspéter contre le faible montant des tickets-restaurant. Octave essaie toujours de rire plus fort que les autres et, parfois, y parvient. CQFD.

6

Après l'homme invisible, la femme invincible.
Dans un avion qui volait exactement en sens
inverse, quelques jours après, Sophie lisait la carte
postale d'Octave et ne la trouvait pas drôle. Elle
était enceinte de lui mais ne l'aimait plus. Elle le
trompait depuis un mois avec Marc Marronnier.
C'est lui qu'elle allait rejoindre au Sénégal, où il
avait décidé de prolonger son séjour.

Au début, elle avait souffert le martyre. Larguer
quelqu'un qu'on aime, tout en portant son enfant
dans le ventre, demande un courage surhumain,
non, rectification, un courage *sous-humain* : un
courage d'animal. C'est un peu comme se couper
une jambe sans anesthésie avec un Opinel rouillé,
en plus long. Puis elle avait voulu se venger. Son
amour s'était transformé en haine et c'est pourquoi
elle avait rappelé le boss d'Octave, pour qui elle
avait travaillé quelques années plus tôt. Il l'avait
invitée à déjeuner et là, elle avait craqué, pleuré,
tout déballé sur la table du Quai Ouest. Marronnier venait de se séparer de sa dernière mannequin, ça tombait plutôt bien au niveau de son

timing sentimental. Ils avaient commandé des
« céviches de pétoncle en escabèche ». Octave
avait appelé Sophie sur son portable alors que
Marc lui faisait déjà du pied.

— Allô, Sophie ? Pourquoi tu ne retournes
jamais mes appels ?

— Je n'ai plus ton numéro.

— Comment ça, tu n'as plus mon numéro ?

— Je l'ai effacé de mon portable.

— Mais pourquoi ?

— Il me prenait de la mémoire.

Elle avait raccroché, puis éteint son appareil,
puis s'était laissé embrasser par-dessus le moelleux
au chocolat mi-cuit. Le lendemain, elle changeait
de téléphone.

Sophie effaçait ce qui lui prenait de la mémoire.

Octave ignorait sa liaison avec Marc mais il
aurait dû s'estimer heureux : être cocufié par son
employeur équivalait à un licenciement indirect.
L'avion de Sophie non plus ne s'écrasa pas. Marronnier l'attendait à l'aéroport de Dakar. Ils firent
l'amour une fois par jour, pendant huit jours. Ils
commençaient à avoir l'âge où c'était déjà beaucoup. Aucun des deux ne souffrait ; ils aimaient
glander ensemble. Tout leur paraissait si simple, si
soudainement évident. En vieillissant, on n'est pas
plus heureux, non, mais on place la barre moins
haut. On est tolérant, on dit ce qui ne va pas, on
est serein. Chaque seconde de répit est bonne à
prendre. Marc et Sophie n'allaient pas bien ensem-

ble, mais ils *étaient* bien ensemble, ce qui est beaucoup plus rare. Le truc qui les chiffonnait le plus, c'est de porter le nom d'un sitcom ringard : « Marc et Sophie. »

Ce n'est tout de même pas pour ça qu'ils décidèrent de mourir. Si ?

NE PARTEZ PAS ! APRÈS LA PUB,
LE ROMAN CONTINUE.

UN JEUNE DEALER BARBU SE TIENT DEBOUT EN HAUT D'UNE DÉCHARGE PUBLIQUE, LES BRAS EN CROIX. AUTOUR DE LUI, DOUZE CLIENTS SONT RASSEMBLÉS EN CERCLE. ILS PORTENT DES SWEAT-SHIRTS À CAPUCHE, DES BLOUSONS K-WAY, DES CASQUETTES DE BASE-BALL ET AUTRES SHORTS BAGGYS. ILS LE VÉNÈRENT AU MILIEU DE CE TERRAIN VAGUE.

SOUDAIN LE TRAFIQUANT DIT :

— EN VÉRITÉ JE VOUS LE DIS, LEQUEL D'ENTRE VOUS VA ME JETER LA PREMIÈRE PIERRE ?

L'UN DES APÔTRES LUI TEND ALORS UN CAILLOU DE COCAÏNE :

— Ô SEIGNEUR VOICI UN GÉ.

UNE MUSIQUE SACRÉE RETENTIT ALORS, TANDIS QU'UN RAYON DE LUMIÈRE VENU DU CIEL ILLUMINE LE CAILLOU BLANC QUE BRANDIT NOTRE SAINT DEALER ET S'ÉCRIANT :

— TU ES PIERRE ET SUR CETTE PIERRE JE BÂTIRAI MON ÉGLOGUE.

PUIS NOTRE SUPERSTAR CHEVELUE BROIE LE CAILLOU DE COKE DANS SA MAIN POUR EN FAIRE UNE POUDRE BLANCHE. LORSQU'IL ROUVRE SA MAIN, DOUZE LIGNES RIGOUREUSEMENT PARALLÈLES SONT ALIGNÉES À LA PERFECTION DANS SA PAUME.

— PRENEZ ET SNIFFEZ-EN TOUS, CECI EST MON ÂME LIVRÉE POUR VOUS.

LES DOUZE DISCIPLES TOMBENT À GENOUX DANS LES ORDURES MÉNAGÈRES EN CRIANT :

— ALLÉLUIA ! IL A MULTIPLIÉ LES TRAITS !

PACKSHOT : UN TAS DE POUDRE BLANCHE EN

FORME DE CROIX AVEC DES PAILLES PLANTÉES DEDANS.

SIGNATURE EN VOIX OFF : « LA COCAÏNE : L'ESSAYER, C'EST LA RÉESSAYER. »

(Campagne proposée à personne.)

IV

Nous

« Afin de présenter notre message avec
quelque chance de produire une impression durable sur le public, nous avons
dû tuer des gens. »

THEODORE KACZYNSKI,
dit « Unabomber »,
Manifeste paru
dans le *Washington Post*
et le *New York Times*
le 19 septembre 1995.

1

Nous avons tous été choqués par le suicide de Marc. Mais dire que son geste nous a surpris serait mentir. La version officielle dit qu'il s'est noyé au large de Saly, emporté par un courant sous-marin. Mais nous, nous savons bien qu'il s'est laissé couler pour être débarrassé d'une vie qui l'encombrait. Nous savions tous que Marc était stressé, nous sentions bien qu'il se débattait, nous nous abreuvions de son entrain factice et nous changions de sujet quand il parlait d'autodestruction. Nous refusions l'évidence : Marronnier était en train de se tuer et nous n'avions pas l'intention de le sauver. Nous organisions son enterrement avant même sa mort. « Le roi est quasi mort, vive le roi ! » À ses obsèques, 300 publicitaires pleurnichaient au cimetière de Bagneux, surtout ceux qui haïssaient Marc et souhaitaient sa mort depuis si longtemps : ils culpabilisaient d'avoir été exaucés, et se demandaient qui ils allaient bien pouvoir détester désormais. Pour avancer dans la communication, il faut un ennemi à écraser ; il est très déroutant d'être soudain privé d'un moteur aussi indispensable.

Nous aurions préféré que cette cérémonie ne soit qu'un rêve. Nous étions à l'enterrement d'un provocateur et regardions le cercueil descendre dans le trou en espérant que c'était une ultime manigance de sa part. Comme ç'aurait été bien si tout d'un coup la caméra avait décadré et qu'on s'était aperçu que la cérémonie était organisée par des acteurs : le prêtre serait un comédien sur le retour, les amis en larmes éclateraient de rire, derrière nous une équipe de techniciens déroulerait des câbles et un réalisateur crierait : « coupez ! » Mais personne n'a crié : « coupez ! »

Très souvent nous voudrions que notre vie ne soit qu'un rêve. Nous aimerions nous réveiller, comme dans les mauvais films, et résoudre tous nos problèmes par ce subterfuge. Dès qu'un personnage se noie au cinéma, youpi, il reprend conscience. Combien de fois avons-nous vu ça sur l'écran : le héros attaqué par un monstre gluant et carnivore, acculé au fond d'une impasse, qui, au moment où la terrifiante bestiole va le dévorer, paf, se redresse en sueur dans son plumard ? Pourquoi ça ne nous arrive jamais dans la vie ? Hein ?

Comment on fait pour se réveiller, quand on ne dort pas ?

Il y avait un cercueil avec de vraies cendres dedans (Charlie en avait même récupéré une poignée dans sa poche). Nous avons pleuré des larmes réelles. Nous, c'est-à-dire toute la Rosse Europe : Jef, Philippe, Charlie, Odile, les stagiaires, les puissants, les inutiles, et moi, Octave avec son Kleenex, Octave toujours là, ni viré, ni démissionnaire, juste un peu déçu que Sophie ne soit pas venue. Nous, c'est-à-dire tous les parasites entretenus par l'argent de la Rosse : propriétaires de chaînes de télévision, actionnaires de grands réseaux radio-phoniques, chanteurs, acteurs, photographes, designers, hommes politiques, rédacteurs en chef de magazines, présidents de grands magasins, nous les décideurs, nous les leaders d'opinion, nous, les artistes vendus, reconnus ou maudits, nous pleurions. Nous pleurions sur notre pitoyable sort : dans la publicité, quand on meurt, il n'y a pas d'articles dans les journaux, il n'y a pas d'affiches en berne, il n'y a pas d'interruption des programmes, il n'y a que des stock-options invendues et un compte en Suisse inutilisé sous un numéro secret. Quand un publicitaire meurt, il ne se passe rien, il est juste remplacé par un publicitaire vivant.

2

Quelques jours plus tard, South Beach, Miami. Des pamelaandersons de toutes tailles, des jean-claudevandammes en veux-tu en voilà. Nous sommes tous Friends. Nous faisons des UV avant de tendre notre visage vers le soleil. Pour tenir dans un monde pareil, il faut ressembler à une bimbo ou à un acteur de films pornos. Nous nous droguons parce que l'alcool et la musique ne suffisent plus à nous donner le courage de nous parler. Nous vivons dans un monde où la seule aventure consiste à baiser sans capote. Pourquoi courons-nous tous après la beauté ? Parce que ce monde est laid, à vomir. Nous voulons être beaux parce que nous voulons être meilleurs. La chirurgie esthétique est la dernière idéologie qui nous reste. Tout le monde a la même bouche. Le monde est terrifié par la perspective du clonage humain alors qu'il existe déjà et se nomme « plastic surgery ». Dans tous les bars, Cher chante « Est-ce que tu crois en la vie après l'amour ? ». Nous devons désormais nous interroger sur la vie après l'homme. Une existence de sublimes créatures posthumaines, débarrassées de l'injustice de la laideur, dont Miami sera la capitale mondiale. Nous aurons tous les mêmes fronts bombés et innocents, des peaux douces comme du satin, des yeux en amande, tout le monde aura droit à de longues mains aux ongles vernis de gris, il y aura une distribution générale de lèvres pulpeuses, de pommettes hautes, d'oreilles duveteuses, de nez mutins, de cheveux fins, de cous graciles et parfumés, et surtout de coudes pointus. Des coudes pour tous ! En route vers la démocratisation du coude. Comme l'a humblement reconnu Paulina Porizkova dans une interview : « Je suis contente que les gens me trouvent jolie mais ce n'est qu'une question de mathématiques : le nombre de millimètres entre mes yeux et mon menton. »

Charlie et moi, nous téléphonons sans fil, debout dans la mer. Nous roulons sur la plage dans des Jeeps géantes. Malgré la mort de Marronnier, nous n'avons pas annulé le tournage de Maigrelette — trop de frais étaient déjà engagés par la production. À un moment, Charlie a sorti de sa poche une petite boîte contenant quelques grammes des cendres de Marc Marronnier. Il les a saupoudrées dans l'eau. C'est ce que Marc aurait voulu : flotter sur les vagues de Miami. Ensuite il restait un peu de cendres dans sa paume alors j'ai eu une idée. Je lui ai demandé de tendre son bras et d'ouvrir sa main vers le soleil. Je me suis penché. Et c'est ainsi que j'ai sniffé ce qui restait de mon ami, mon mentor, Marc Marronnier. I've got Marronnier runnin'around my brain !

Prévenez-nous si vous trouvez une seule fille moche dans cette ville. Ceux qui, partout ailleurs, sont statistiquement anormaux (les beaux et les musclés) représentent ici la norme ; ils en deviennent presque ennuyeux (rappelons toutefois que je suis un militant de l'ennui). Il y a toujours une fille plus jeune et jolie que la précédente. Suave torture. Mais l'Envie est un des sept péchés capitaux. Miami, ville jumelée avec Sodome, Gomorrhe et Babylone !

À Coconut Grove, un type promène six chihuahuas en laisse et ramasse leur merde avec un gant en plastique. Il croise des trafiquants de salsa et des skieurs de fond sur roulettes. Groupes d'êtres bronzés qui parlent dans des cellulaires devant le Colony. Nous comprenons qu'à Miami nous sommes à l'intérieur d'une publicité géante. Ce n'est plus la publicité qui copie la vie, c'est la vie qui copie la publicité. Des Cadillac roses dont le plancher est éclairé au néon vibrent au rythme du rap chicanos. Tant de beauté et de richesse ne peuvent que donner le tournis. Au News Café, nous dévisageons les top models mais préférerions les défigurer.

Le district Art Deco de Miami se trouve au sud de la ville et au bord de la mer. Il a été construit dans les années 30 pour les retraités. Au début des années 40, beaucoup de militaires ont été mobilisés à Miami car l'US Army craignait une attaque japonaise sur la Floride. Puis la chute de Batista en 1959 entraîna une forte immigration cubaine. Miami mêle donc les retraités (propriétaires des fonds de pension, pour lesquels tous les salariés du monde occidental travaillent à longueur d'année), les militaires (qui les protègent) et les Cubains (qui les droguent) : le cocktail parfait. Dans les années 70, la crise pétrolière calma la ville. On la crut finie, démodée, has-been, jusqu'à ce qu'une publicité la relance dix ans plus tard, en 1985.

Cette année-là, Bruce Weber shoota une série de photos pour Calvin Klein sur Ocean Drive. La parution de ces quelques pages de pub dans les magazines du monde entier fit instantanément de Miami la capitale mondiale de la mode. Miami est la ville dont le prince est un photographe. Si les nazis avaient bénéficié de la force de frappe publicitaire d'un tel lieu, ils auraient assassiné dix fois plus de monde. Christy Turlington y fut découverte sur la plage par un « talent scout ». Puis Gianni Versace réalisa tous ses catalogues sur place, avant d'y mourir assassiné le 15 juillet 1997. Des êtres à roulettes, Cubaines cuivrées, gays en short, glissent sur les trottoirs, leurs yeux cachés derrière des Oakley dernier modèle. Toutes ces choses ne sont pas contradictoires. Finalement les nazis ont gagné : même les blacks se teignent les cheveux en blond. Nous nous battons pour ressembler à la joyeuse Hitlerjugend, avec des tablettes de Galak sur l'abdomen. Les antisémites ont obtenu ce qu'ils voulaient : Woody Allen fait marrer les filles mais elles préfèrent tout de même coucher avec le blond Aryen Rocco Siffredi.

À l'ombre d'un palmier déplumé, nous contemplons le Volleypalooza, un tournoi de volley-ball sur la plage qui oppose pendant deux jours les agences de mannequins entre elles. Steven Meisel et Peter Lindbergh arbitrent. (D'ailleurs ils arbitrent aussi la planète pendant les 363 autres jours de l'année.) Des perfections en bikinis rouges et noirs smashent sur le sable brûlant. Des gouttes de sueur mêlée d'eau de mer s'envolent de leurs cheveux blonds pour atterrir sur le nombril crémeux de leurs copines qui rient. De temps à autre, la brise légère venue de l'océan leur donne un peu la chair de poule ; même de loin, nous pouvons nous délecter de voir leurs bras frissonner délicatement. Le sable éparpillé sur leurs frêles épaules brille comme une pluie de paillettes fines. Ce spectacle blesse notre cœur d'une langueur monotone. Ce qui nous tue le plus, ce sont leurs dents blanches. Si seulement j'avais enregistré un disque vendu à dix millions d'exemplaires, nous n'en serions pas là. Ah, au fait, c'est l'équipe des bikinis rouges qui a remporté le Volleypalooza. La capitaine de l'équipe gagnante a 15 ans ; à côté, Cameron Diaz, Uma Thurman, Gisele Bundchen et Heather Graham sont quatre vieux thons. Et arrêtez de croire que nous ne pensons qu'à les niquer, ces merveilleuses. Nous nous en foutons pas mal de leur vagin. Nous, ce qu'on voudrait, c'est effleurer leurs paupières du bout des lèvres, c'est frôler leur front du bout des doigts, c'est être allongé le long de leur corps, c'est les écouter nous raconter leur enfance en Arizona ou en Caroline du Sud ; ce qu'on voudrait c'est regarder un feuilleton à la télé en croquant des noix de cajou avec elles et juste, de temps en temps, leur remettre une mèche de cheveux derrière l'oreille, vous voyez ce que je veux dire ou pas ? Oh nous saurions nous occuper de vous, commander des sushis au room-service, danser un slow sur « Angie » des Rolling Stones, rire en évoquant des souvenirs de lycée, oui, car nous avons les mêmes souvenirs de lycée (la première cuite à la bière, les coupes de cheveux ridicules, le premier amour qui est aussi le dernier, les blousons en jean, les boums, le hard-rock, *La Guerre des étoiles*, tout ça), mais les canons préfèrent toujours les bookeurs pédés et les conducteurs de Ferrari et c'est pourquoi la planète ne tourne pas rond. Non, je ne suis pas un obsédé sexuel mais il n'y a pas de mot pour dire obsédé du poumon. Ou alors si : je suis un « obsédé pulmonaire », voilà.

Le soir, nous dînons avec quelques sous-tops sur un yacht de location. Après le dessert, Enrique Baducul parie mille dollars avec l'une d'entre elles qu'elle n'est pas cap' d'enlever sa culotte et de la jeter au plafond pour voir si elle y restera collée. La fille s'exécute et nous rigolons alors que ce n'est pas très drôle (sa culotte est retombée sur le plat de spaghetti). Le monde entier est prostitué. Payer ou être payé, telle est la question. Grosso merdo, jusqu'à la quarantaine on est payé ; après, on paye les autres, c'est ainsi — le Tribunal de la Beauté Physique est dépourvu d'appel. Des play-boys à la barbe de quatre jours regardent si on les regarde, et nous les regardons regarder si on les regarde, et ils nous regardent les regarder regarder si on les regarde et c'est un ballet sans fin qui rappelle le « palais des glaces », une vieille attraction de fête foraine, sorte de labyrinthe de miroirs où l'on se cogne contre son propre reflet. Je me souviens que, petits, nous en sortions couverts de bosses à force de nous foutre des coups de boule à nous-mêmes.

3

Ocean Drive aux néons qui électrocutent les passants fluorescents. Le vent chaud emporte les flyers des soirées disparues. La veille, au Living Room, les filles dansaient comme des quartiers de viande. (Au Living Room, si tu entres, c'est que tu es une VIP. Une fois à l'intérieur, si tu as une table, c'est que tu es une VVIP. S'il y a une bouteille de champagne sur ta table, c'est que tu es une VVVIP. Et si la patronne te fait la bise sur la bouche, soit tu es une VVVVIP, soit tu es Madonna.) Miami Beach est une gigantesque confiserie : les immeubles ressemblent à des ice-creams et les filles à des bonbons qu'on aimerait laisser fondre sous la langue.

Réveil à six du mat' pour tourner dans la plus belle lumière. Nous avons loué une maison de milliardaires à Key Biscayne, avec des copies de tableaux de Tamara de Lempicka sur les murs. Tamara (la nôtre) s'habitue vite à sa nouvelle vie de pub-star. On la coiffe, la maquille, la saoule de café dans le camion-régie. Les décorateurs sont chargés de repeindre la pelouse (pas assez verte par rapport au story-board). Le chef op' donne des ordres incompréhensibles à des techniciens compréhensifs. Ils passent leur temps à mesurer l'éclairage en s'échangeant des chiffres cabalistiques :

— Essaie de passer en 12 sur le 4.

— Non, on va tenter une autre focale, mets-moi le 8 en l4.

Charlie et moi, nous mangeons tout ce que le catering nous propose : chewing-gums, ice-creams au fromage, bubble-gums, hamburgers de saumon, chewing-gums d'ice-creams de saumon au fromage de poulets en sashimis. Soudain, il est huit heures et demie et Enrique ne sourit plus.

— Lé ciel est blanc, on né pé pas tourner par cé temps.

Le client a bien spécifié qu'il voulait du ciel bleu et des ombres portées.

— Ma qué, renchérit-il, esta la loumière dé Dieu.

Ce à quoi Charlie rétorque, impérial :

— Dieu est un déplorable directeur photo.

Un ciel blanc est impossible à ravoir à l'étalonnage. Si l'on tournait par ce temps, il faudrait coloriser image par image au Flame, à 6 K€ la journée. Alors nous petit-déjeunons dix fois en attendant que la brume se lève. La tivi-prod s'arrache les cheveux en téléphonant à l'assureur parisien pour ouvrir le parapluie du « Weather Day ». Moi, je ne panique pas : depuis que j'ai arrêté la coke, je mange tout le temps.

Tamara et Charlie et moi, nous sommes les Jules

et Jim de la Floride. Ici, les Ricains nous demandent sans cesse :

— Are you playing a « ménage à trois » (en français dans le texte) ?

Nous buvons des Corona toute la matinée et
rions sans cesse. Tout le monde tombe amoureux
de Tamara : elle touche 1 euro-bâton par jour pour
provoquer ce genre de réaction chimique chez le
mâle. Des barbus portent des casquettes et des
câbles, des talkies-walkies grésillent dans le vide,
des éclairagistes scrutent le ciel d'un air impuissant, nous nous enduisons d'écran total pour atti-
rer le soleil. Des volets noirs nous protègent de la
réalité ; le monde est borgnolé. Mais sans soleil, à
quoi peut bien servir Miami ?

— Il faudra éviter que les palmiers n'entrent
dans le cadre : on est censé être en France, ne
l'oublions pas. Ou alors fallait prévoir un matt-
painting de peupliers et de hêtres.

— Bravo pour cette remarque, Octave, tu viens
de te rendre utile. Tu as justifié en une phrase le
prix de ton billet d'avion.

Charlie plaisante mais semble préoccupé. Il
tourne depuis ce matin autour du pot. Va-t-il se
jeter à l'eau ? Eh bien oui :

— Tu sais, Octave, il faut que je t'annonce quelque chose. Il va y avoir de gros changements à
l'agence.

— Oui, merci, après la mort du DC, c'est probable.

— On ne dit pas la mort du DC, on dit le décès
du DC.

— Tu oses faire de l'humour avec le suicide de notre employeur bien-aimé ?

Tamara se marre mais Charlie poursuit sur sa lancée :

— Tu as remarqué que Jef n'est pas venu au Sénégal ?

— Oui et quand j'ai vu ça, j'ai eu envie d'annuler mon séjour. Je ne sais pas comment nous avons fait pour survivre quatre jours sans lui.

— Arrête tes conneries. Moi, je sais où il était, Jef, pendant qu'on se la jouait dadadirladada. Ce cher commercial était à New York, figure-toi, en train de demander la place du Président Philippe aux grandes instances de la Rosse.

— Qu'est-ce que tu racontes ?

— Il l'a jouée fine, le petit Jef : il est arrivé au siège avec le soutien de Duler de chez Madone et leur a dit qu'on allait perdre ce budget si on ne changeait pas l'équipe dirigeante en France. Et tu sais ce qu'ils ont dit, les pontes du groupe ?

— « Go fuck yourself, Jef » ?

— Que nenni. Ils adorent ça, les Ricains, le côté jeune loup arriviste qui pique la place des vieux — ils enseignent ça aux requins de Harvard et dans les westerns avec John Wayne.

— Non mais attends, tu déconnes, là. Tu as inventé ça tout seul ?

Charlie se ronge un ongle et n'a pas l'air mytho.

— Octavio, à force de prendre des notes pour ton bouquin, tu as oublié de regarder ce qui se passait autour de toi.

— Oh dis donc, ça te va bien de me dire ça, toi

qui passes tes journées à surfer sur le Net à la recherche de photos détraquées.

— Pas du tout, je me documente sur mon temps. À ce propos, rappelle-moi de te montrer le film de la nonagénaire qui mange son caca. Bref. Tu as vu comme ils flippaient tous au Séminaire ? Réveille-toi : Jef va être nommé PDG de la Rosse à la place de Philippe qui prendra en charge l'Europe, c'est cousu de fil blanc. On le nommera « chairman emeritus » ou un placard dans le genre.

— JEF PATRON DE L'AGENCE ?? Mais il a même pas 30 ans : c'est un enfant en bas âge !

— Peut-être mais pas un enfant de chœur, si tu veux mon avis. Bienvenue dans les années 00, part-ner. C'est la mode des pédégés de 30 balais. Ils sont aussi mauvais que les quinquagénaires mais présentent mieux et coûtent moins cher. C'est pour ça que les actionnaires ricains ont dit banco : avec le soutien du plus gros budge de l'agence, Jef ne pouvait pas perdre. Or Jef ne pouvait pas saquer Marronnier, tu me suis ?

— Putain, Marc se serait tué parce qu'il savait que le petit roquet allait le foutre dehors ?

— Bien sûr. Et il se doutait surtout que nous allions lui piquer son poste.

Le ciel a beau être blanc, ce n'est pas une raison pour nous tomber sur la tête.

— J'ai mal entendu là, tu veux dire que Jef nous nomme directeurs de la création ?

— Jef m'a appelé ce matin pour nous proposer le poste. C'est 30 000 euros mensuels chacun, plus les notes de frais, l'appartement payé, les Porsche de fonction.

Tamara sourit :

— Octave choupinet, pour un mec qui voulait se faire virer, ça la fout mal, non ?

— Oh toi la créature, boucle-la SVP.

— Tu as raison, chéri : vous êtes des créatifs et moi je suis une créature.

— C'est joli, coupe Charlie, mais tu te goures, cocotte. Maintenant, nous sommes des directeurs de création. Nuance.

— Eh oh ! J'ai pas dit que j'acceptais l'offre.

— C'est oune offre qué tou né peux pas réfouser, a lancé Enrique, car visiblement tout le plateau était au courant sauf moi.

Et c'est le moment que le soleil a choisi pour revenir, cet effronté.

4

On croirait vraiment que Tamara a joué la comédie toute sa vie — en y réfléchissant, c'est d'ailleurs le cas. Le métier de call-girl forme au métier d'actrice bien plus efficacement que l'Actors Studio. Elle se révèle très à l'aise devant la caméra. Elle séduit l'objectif, bouffe son yaourt goulûment comme si sa vie en dépendait. Elle n'a jamais été plus éclatante que dans ce faux jardin méditerranéen transposé en Floride.

— She's THE girl of the new century, déclare sentencieusement le producteur technique local à la nana qui tourne le « making of ». Je crois qu'il veut 1) la présenter à John Casablanca d'*Elite*, 2) la prendre en levrette. Mais pas forcément dans cet ordre-là.

Nous envahissons une terre étrangère avant d'investir l'espace médiatique. La campagne Maigrelette restera à l'antenne jusqu'en 2004 et sera déclinée en affiches 4 × 3, Abribus, annonces en presse féminine, publicités sur les lieux de vente, étiquetages promotionnels, murs peints, jeux concours de plage, événementiels de terrain, tracts en distrib, sites Internet, têtes de gondole et offres de remboursement sur présentation d'une preuve d'achat. Tamara, tu seras partout, nous allons faire de toi l'emblème du leader des fromages blancs sans matière grasse sur tout l'Espace Schengen.

Nous buvons des Cape Cod en parlant d'Aspen avec la maquilleuse. Nous croisons quelques vaches maigres (surnom que nous donnons aux grungettes anorexiques qui cherchent de l'héro sur Washington Avenue). Nous jouons à faire semblant de mourir devant la maison de Gianni Versace. Des touristes nous prennent en photo en train de nous vautrer par terre sous la mitraille. Nous nous enroulons dans les tentures blanches du Delano Hotel : Tamara devient Shéhérazade et moi, Casper le gentil fantôme. Autour de nous les gens sont si narcissiques qu'ils ne font plus l'amour qu'avec eux-mêmes. C'est quoi une journée réussie à Miami ? Un tiers de rollers, un tiers d'ecstasy, un tiers de masturbation.

Sur le set du tournage, la pelouse est à nouveau brûlée par le soleil. Pour qu'elle verdisse, les accessoiristes recommencent à l'asperger de colorant alimentaire. Ce soir on annonce un combat de drag-queens au Score sur Lincoln Road : sur un ring de catch, les travelos s'arracheront les perruques. « Rien ne compte vraiment », chante Madonna, qui a une maison ici. Elle résume bien le problème. J'aime Tamara et j'aime Sophie ; avec un salaire de directeur de création, j'aurai largement de quoi garder les deux. Mais je ne vais tout de même pas accepter une offre qui renie totalement la première page de ce bouquin, celle où j'écrivais « J'écris ce livre pour me faire virer ». Ou alors il faudra corriger ça, mettre « j'écris ce livre pour me faire augmenter »... Tamara interrompt mes réflexions :

— Veux-tu un café, un thé, ou moi ?

— Les trois dans ma bouche. Dis-moi, quelle est ta pub préférée, Tamara ?

— « LESS FLOWER, MORE POWER. » C'est le slogan de la New Beetle de Volkswagen.

— On ne dit pas « slogan », on dit « titre ». Retiens bien ça, si tu veux que je t'engage.

Nous passons l'après-midi à glander devant le combo, ce moniteur vidéo Sony qui retransmet chaque prise : Tamara sur la terrasse, Tamara dans l'escalier, Tamara dans le jardin, Tamara en plan large, Tamara en plan serré, Tamara naturellement artificielle, Tamara en regard caméra, Tamara artificiellement naturelle, Tamara en dégustation produit (ouverture de l'opercule, plongeon de la cuiller, délectation buccale), Tamara et son coude émouvant, Tamara et ses seins à dessein. Mais la Tamara que je préfère m'est réservée : c'est Tamara à poil en tongs, sur le balcon de ma chambre, avec une bague à l'orteil du pied gauche et une rose tatouée au-dessus du sein droit. Celle à qui j'ose dire :

— Je n'ai pas envie de faire l'amour avec toi mais tu m'enchantes. Je crois que je t'aime, Tamara. Tu as des grands pieds mais je t'aime. Tu es mieux avec des retouches informatiques qu'en vrai mais je t'aime.

— Je connais beaucoup de méchants qui font semblant d'être gentils, mais toi tu es une espèce rare : un gentil qui fait semblant d'être méchant. Embrasse-moi, c'est gratuit pour cette fois-ci.

— Tu es mon rêve défendu, mon seul tourment et mon unique espérance. Tu es pour moi la seule musique qui fait danser les étoiles sur les dunes.

— Encore des mots, toujours des mots.

Le plan dégustation, c'est toujours le pire boulot : en plein soleil, après le déjeuner, la pauvre Berbère a dû simuler vingt fois l'extase en introduisant dans sa bouche de pleines cuillerées de Maigrelette. Au bout de quelques prises, elle en était complètement dégoûtée. L'accessoiriste apporta alors une bassine dans laquelle elle recrachait le fromage blanc dès qu'Enrique gueulait « Cut ! ». Voilà, c'est une petite révélation que nous vous confions, ne l'ébruitez pas trop : chaque fois que vous voyez un acteur se délecter d'un produit alimentaire dans un film publicitaire, sachez qu'il ne l'avale jamais et vomit le produit dans un récipient prévu à cet effet dès que la caméra cesse de le filmer.

Charlie et moi sommes assis sur des chaises en plastique avec des kilos de junk-food pour unique compagnie. Sur tous les tournages de films publicitaires, c'est le même cirque : on parque les créatifs dans un coin en les dorlotant avec un mépris complet, et en espérant qu'ils ne vont pas trop l'ouvrir sous prétexte qu'ils sont les auteurs de la campagne en cours de réalisation. Nous nous sentons humiliés, inutiles et gavés de sucreries, bref, encore plus écœurés que d'habitude. Nous faisons semblant de ne rien remarquer car nous savons qu'en tant que futurs Directeurs de Création de la Rosse France, nous aurons mille fois l'occasion de nous venger de manière implacable.

Nous serons riches et injustes.

Nous licencierons nos anciens amis.

Nous soufflerons le chaud et le froid pour terroriser tous nos employés.

Nous nous attribuerons les idées des subalternes.

Nous convoquerons des jeunes réalisateurs pour leur pomper des idées fraîches en leur faisant miroiter un gros boulot que nous finirons par exécuter nous-mêmes dans leur dos.

Nous refuserons d'accorder des vacances aux salariés, avant de prendre les nôtres à l'île Maurice.

Nous serons mégalos et indécents.

Nous garderons les meilleurs budgets pour nous et confierons les campagnes les plus croustillantes à des free-lances extérieurs pour bien déprimer tous les CDI.

Nous insisterons pour avoir notre portrait dans les pages saumon du *Figaro* puis exigerons le licenciement de la journaliste dès sa parution, si son papier n'est pas assez hagiographique (en menaçant *Le Figaro* de ne plus lui acheter de pages de pub).

Nous incarnerons le renouveau de la publicité française.

Nous paierons une attachée de presse pour pouvoir dire dans les pages communication de *Stratégies* que : « Il faut bien distinguer le concept du percept. »

Nous emploierons également très souvent le verbe « préempter ».

Nous serons débordés et injoignables ; pour obtenir un rendez-vous avec nous, il faudra attendre trois mois au minimum (pour se voir annuler au dernier moment, le matin du rendez-vous, par une secrétaire arrogante).

Nous boutonnerons nos chemises jusqu'en haut.

Nous déclencherons des dépressions nerveuses en rafales autour de nous. On dira du mal de nous dans la profession mais jamais en face car nous serons craints.

Nous n'en ficherons pas une ramée mais tous nos proches cesseront pourtant de nous voir.

Nous serons dangereux et hyperfétatoires.

Nous tirerons les ficelles de la société moderne.

Nous resterons dans l'ombre « même en pleine lumière ».

Nous serons fiers d'avoir d'aussi importantes irresponsabilités.

— Pour la maquillage vous être contente ?

Notre délire à la « Perrette et le pot au lait » est interrompu par la maquilleuse qui veut un avis circonstancié. Au moment venu, nous la nommerons make-up artist in chief du groupe R & W car elle a su reconnaître notre importance avant même notre nomination.

— Quelque chose de très naturel suffit, dit Charlie d'un ton péremptoire, il faut qu'elle soit saine/équilibrée/dynamique/authentique.

— Yeah, je la fais les lèvres un peu glossy, je touche pas à sa teint, elle être superbe peau.

— Pas glossy, insiste Charlie avec l'assurance du futur grand patron qu'il est, je préfère shiny.

— Of course, shiny c'est mieux que glossy, m'empressé-je de surenchérir. Sinon on frôle la dérive colorielle.

La maquilleuse recule avec respect devant de tels spécialistes du make-up labial — visiblement des pros à qui on ne la fait pas. Il ne nous reste plus qu'à snober la styliste culinaire et tutto ira bene.

Tamara allume toute l'équipe. Nous l'adorons tous, nous échangeons des œillades complices devant sa beauté hiératique. Nous aurions pu être heureux si je n'avais passé mon temps à penser à quelqu'un d'autre. Pourquoi faut-il que je ne désire que les gens qui ne sont pas là ? De temps en temps, Tamara posait ses mains sur mon visage ; cela l'apaisait. J'avais besoin d'une dose de légèreté. Tiens, voilà qui pourrait nous assurer une bonne signature de secours : « MAIGRELETTE. ON A TOUS BESOIN D'UNE DOSE DE LÉGÈRETÉ. » Je la note, on ne sait jamais.

— Alors, tu vas l'accepter tout cet argent qu'on te propose ?

— L'argent ne fait pas le bonheur, Tamara, tu le sais.

— Grâce à toi, maintenant, je le sais. Avant je ne le savais pas. Pour savoir que l'argent ne fait pas le bonheur, il faut avoir connu les deux : l'argent et le bonheur.

— Tu veux m'épouser ?

— Non, enfin, si, mais à une condition : qu'à notre mariage il y ait un hélicoptère qui fasse tomber une pluie de Chamallows roses.

— Et les Chamallows blancs, qu'est-ce qu'on en fait ?

— On les bouffe !

Pourquoi baisse-t-elle les yeux ? Nous sommes gênés tous les deux. Je prends sa main couverte d'enjolivures au henné.

— Quoi ? Qu'est-ce qu'il y a ?

— Tu n'es pas gentil d'être aussi gentil. Je préférais quand tu faisais semblant d'être méchant.

— Mais...

— Arrête. Tu sais très bien que tu ne m'aimes pas. Je voudrais être futile comme toi, seulement moi j'en ai marre de jouer, tu sais, j'ai réfléchi et je crois que je vais tout arrêter, avec l'argent de Maigrelette je pourrais m'acheter une petite maison au Maroc, j'ai ma fille à élever, je l'ai laissée là-bas chez ma mère et elle me manque tellement... Écoute-moi, Octave, il faut que tu retrouves ta fiancée et que tu t'occupes de votre enfant. Elle te fait le plus beau cadeau : accepte-le.

— Merde, mais qu'est-ce que vous avez toutes ? Dès qu'on est bien avec vous, il faut absolument que vous parliez de bébés ! Au lieu de répondre à la question « pourquoi vivre ? », vous préférez reproduire le problème !

— Arrête avec ta philo à deux balles. Il ne faut

pas plaisanter avec ça. Moi, ma fille n'a pas de père.

— Et alors ? Moi non plus mon père ne m'a pas élevé et je n'en fais pas un drame !

— Attends, tu t'es regardé ? Tu largues une nana enceinte de toi pour passer tes nuits aux putes !

— Oui, bon... mais au moins je suis libre.

— Libre ? Non mais je rêve ! Pas ça. Octave, pas toi ! Nadinamouk ! T'es beaucoup trop deuxième millénaire ! Regarde-moi dans les yeux, j'ai dit les yeux. L'enfant qui va naître PEUT avoir un papa. Pour la première fois de ta vie, tu peux servir à quelque chose. Combien de temps tu vas tenir à traîner dans des boîtes crades, à écouter les mêmes blagues vulgaires racontées par les mêmes poivrots débiles et impuissants ? Combien de temps, bordel ? C'est ça ta liberté, Ducon ?

Il y a des psychanalystes à 150 €-balles la séance : Tamara est une moraliste à 460 euros de l'heure.

— Fous-moi la paix avec tes leçons de morale ! Merde !

— Arrête de m'agresser ou je fais une rupture d'anévrisme. La morale, c'est peut-être ringard, mais ça reste encore ce qu'on a trouvé de mieux pour distinguer le bien du mal.

— Et alors ? Je préfère être dégueulasse et libre, ouais, libre, tu m'as bien entendu, qu'éthique et prisonnier ! « Homme libre, toujours tu chériras l'amer ! » Je comprends très bien ce que tu me dis mais figure-toi que le bonheur familial est peut-être encore plus pathétique qu'une connerie d'histoire salace racontée par un abruti aviné à six heures du matin, tu piges ? Et puis, comment veux-tu que je m'occupe d'un enfant alors que je tombe amoureux toutes les deux minutes, putain ! Oups.

Là, j'ai enfreint une règle de base avec Tamara : il n'y a qu'elle qui a le droit d'employer le mot « putain » ; si c'est quelqu'un d'autre, elle le prend comme une insulte. Elle fond en larmes. J'essaie de me rattraper.

— Pleure pas, excuse-moi, tu es une sainte, tu le sais bien, je te l'ai dit et répété. Déjà que j'étais le seul mec qui paye les putes pour ne pas coucher avec elles, maintenant je suis aussi celui qui en aura fait pleurer une. C'est pas un exploit, ça ? Prête-moi ton portable, il faut que je prévienne tout de suite le *Livre des Records*, oui allô ? Passez-moi la rubrique « homme le plus maladroit du monde », siouplaît.

Gagné : elle sourit un peu ; la maquilleuse n'aura qu'un raccord de mascara à faire. Je poursuis mon auto-analyse sur sa lancée :

— Mon amour d'émigrée, explique-moi juste une chose : pourquoi, dès qu'on aime une femme et que tout se passe à merveille, veut-elle nous transformer en éleveur de chiards, placer entre nous une ribambelle d'enfants, une armée de bambins pour crier dans nos pattes et nous empêcher d'être seuls ensemble ? Bon sang, c'est si terrifiant d'être deux ? Moi j'étais content d'être un couple « DINK » (Double Income No Kids), pourquoi vouloir faire de nous une « FAMILLE » (Fabrication Artificielle de Malheur Interminable et de Longue Lymphatique Émollience) ? Tu trouves pas ça pitoyable d'avoir des enfants ? Tous ces couples romantiques qui ne parlent plus que de popo ? Tu les trouves sexy, les frères Gallagher, en train de torcher leurs gosses ? Faut être scatophile ! En plus il n'y a pas de place pour un siège-bébé dans mon coupé BMW Z8 !

— C'est toi qui es pitoyable. Si ta mère n'avait pas eu d'enfants, tu ne serais pas là pour déblatérer ces âneries.

— Ce ne serait pas une grande perte !!

— Ta gueule !!

— Ta gueule toi-même !!

— OH ET PUIS ARRÊTE AVEC TES POINTS D'EXCLAMATION !!!!!, s'exclame-t-elle en reniflant.

Elle se mouche. Mon Dieu comme elle est splendide quand elle chiale. Si les hommes font tant de peine aux femmes, c'est sans doute parce qu'elles sont tellement plus belles quand elles pleurent.

Elle relève la tête et sait alors trouver les mots pour me convaincre.

— On pourra continuer de se voir en douce.

Vive cette morale-là. C'est Blaise Pascal qui l'a dit : « La vraie morale se moque de la morale. » Et tandis que j'aspirais ses larmes avec la paille de mon Seven Up, nous pensions tous deux exactement la même chose.

— Tu sais pourquoi ça ne collera jamais entre nous ?

— Oui, je sais, j'ai répondu. Parce que je ne suis pas libre et que toi, tu l'es trop.

5

Et voilà, le tournage est terminé : nous venons de dépenser trois millions de francs (500 Keuros) en trois jours. Avant de ranger les caméras, nous avons demandé à Enrique de tourner une version « trash » de la pub. Bon, nous étions pétés, Tamara aussi, et Charlie s'est écrié :

— Écoutez. ÉCOUTEZ-MOI TOUS ! Listen to me, please. La dernière fois que j'ai vu Marc Marronnier vivant, il a engueulé Octave ici présent, en lui disant que le script que nous venons de tourner était minable et qu'il fallait en écrire un autre.

— C'est vrai, ai-je ajouté. Il a même dit cette phrase qui restera pour toujours gravée dans ma mémoire : « On n'est jamais à l'abri de trouver mieux. »

— Mesdames et Messieurs, Ladies and Gentlemen, allons-nous passer outre aux dernières volontés d'un mort ?

Les techniciens n'étaient pas chauds-chauds. Après quelques pourparlers avec la tivi-prod et Enrique, décision fut tout de même prise de shooter rapidement une prise « agence », en plan-séquence, caméra à l'épaule, style « Dogma » (c'était l'hiver où tout ce qui était filmé façon « Vidéo gag » portait ce label intello danois).

Voici ce que donnait la version « Maigrelette Dogma » : Tamara déambule dans le décor de teck, gracieusement elle enlève son tee-shirt sur la véranda, puis regarde la caméra, torse nu, et s'étale du yaourt sur les joues et les seins. Elle tourne sur elle-même, gambade pieds nus dans le jardin et se met à engueuler son yaourt allégé, hurlant « Maigrelette ! I'm gonna eat you ! », puis elle se roule dans l'herbe fraîchement repeinte, ses seins sont couverts de peinture verte et de Maigrelette, et elle lèche le fromage blanc sur sa lèvre supérieure en gémissant (zoom sur son visage sur lequel dégouline le produit) : « mmmm... Maigrelette. It's so good when it comes in your mouth. »

Quel talent. Nous décidons d'envoyer cette version au Festival Mondial de la Publicité à Cannes sans la présenter à Madone. Si on récolte un Lion, Duler sera obligé d'applaudir.

Marronnier aurait apprécié pareil dévouement. Nous pouvons rentrer à Paris la conscience tranquille, afin de nous installer dans son fauteuil encore tiède. Mais cela ne suffit pas à Charlie, décidément rempart plus imprenable que jamais. Le soir même, après la fête de fin de tournage au Liquid, il nous entraînait dans une regrettable virée que je suis malheureusement contraint de relater ici.

6

Les stroboscopes quadrillaient l'espace. Une vieille sado-maso traversa la piste de danse avec un corset qui lui faisait un tour de taille de dix centimètres. Elle ressemblait à un sablier en cuir noir.

— Tu sais à quoi elle me fait penser, cette mémé ? En Europe, les entreprises licencient des milliers d'employés pour rapporter plus de fric aux retraités de Miami, pas vrai ?

— Euh... en gros, oui. Les vieillards de Floride sont tous actionnaires des fonds de pension qui possèdent les firmes internationales, donc schématiquement, oui.

— Eh ben, puisqu'on est sur place, pourquoi qu'on irait pas rendre visite à un de ces vieux propriétaires de la planète ? Ce serait quand même con d'être chez eux et de ne pas s'expliquer avec l'un d'entre eux, peut-être même qu'on pourrait le convaincre de ne virer personne la prochaine fois, qu'est-ce t'en dis ?

— J'en dis que t'es bourré mais OK, on y va.

Et nous voilà partis, Tamara, Charlie et ma

pomme, dans les rues de Miami Vice, à la recherche d'un représentant de l'actionnariat mondialisé.

— Ding ! Dong ! Ding ! Dong-Ding-Dong-Ding-Dong-Ding !

À Miami même les sonneries cherchent à se faire remarquer : celle-ci joue la *Petite Musique de nuit* au lieu de faire « dring » comme toutes ses consœurs. Cela fait une heure que nous errons dans le quartier résidentiel de Coral Gables à la recherche de fonds-de-pensionnaires à sermonner. Charlie a fini par sonner à la porte d'une splendide villa marocaine.

— Yes ?

— Good evening madame, do you speak french ?

— Oui, oui, bien sûr, enfin une petite peu mais pourquoi sonnez-tu aussi tard ?

— Eh bien c'est Tamara, ici présente (Tamara sourit à la caméra de surveillance), qui dit qu'elle est votre petite-fille, Mrs Ward.

BZZZ.

La porte s'ouvre sur une momie. Enfin, une chose qui a dû être une femme il y a très très longtemps, dans une galaxie très très lointaine. Nez, bouche, yeux, front, pommettes entièrement remplis de collagène. Le reste du corps ressemble à une pomme de terre ridée — analogie sans doute due à la robe de chambre qu'il y a autour.

— Il n'y a que sa peau qui soit tirée, déclare Charlie avec une certaine lourdeur.

— Que disez-vous ? Quelle petite-fille ? Je...

Trop tard. La vieille n'a pas eu le temps de protester que Tamara l'a déjà allongée par terre (elle est ceinture marron de judo). Nous pénétrons dans une maison en or massif. Tout ce qui n'est pas doré est en marbre blanc. Pouir. Tamara et Charlie transportent Mme Ward sur un canapé aux motifs psychédéliques, qui a dû être à la mode quand sa propriétaire l'était aussi. Sans doute quelque part au XXᵉ siècle.

— Alors puisque vous comprenez le français, Madame Wardmachin, vous allez nous écouter bien gentiment. Vous habitez seule ici ?

— Oui, I mean, NO, pas du tout, le Police vont venir très vite AU SECOURS HEEEELP !

— Bâillonnons-la. Tamara, ton foulard ?

— Tiens.

Elle lui enfonce son bandana dans la gorge, et Charlie s'assoit sur la vieille, et je peux vous garantir qu'il est aussi lourd que ses blagues. La retraitée va enfin pouvoir écouter calmement ce qu'il a à lui dire.

— Voyez-vous, madame, c'est tombé sur vous mais ça aurait pu tomber sur n'importe quel autre responsable du malheur contemporain. Il faut que vous sachiez qu'à partir d'aujourd'hui, ce genre de visites va devenir monnaie courante. Il est temps que les actionnaires des fonds de pension américains sachent qu'ils ne peuvent pas impunément détruire la vie de millions d'innocents sans rendre des comptes, un jour ou l'autre, est-ce que je suis bien clair ?

Charlie est lancé. C'est toujours comme ça avec

les taciturnes : quand ils se mettent à l'ouvrir, on ne peut plus les arrêter.

— Vous avez entendu parler du *Voyage au bout de la nuit* de Louis-Ferdinand Céline ?

— Mpffghpffhmmghphh.

— Non, Céline n'est pas une marque de chaussures. C'est un écrivain français. Le héros de son plus célèbre roman s'appelle Bardamu et il fait le tour de la planète à la recherche d'un coupable. Il traverse la guerre, la misère, la maladie, il va en Afrique, en Amérique, et il ne trouve jamais le responsable de notre désolation. Le livre est sorti en 1932 et cinq ans plus tard, Céline se trouvait un bouc émissaire : les juifs.

Tamara visite la baraque, ouvre le frigo, se sert une bière et nous en rapporte une chacun. Moi, je note le discours de Charlie qui continue à pérorer en chevauchant la momie sur son sofa hideux.

— Nous savons tous que Céline s'est fourvoyé en devenant un ignoble antisémite — et pardon pour ce pléonasme. Pourtant, nous aussi, comme Bardamu, nous cherchons un responsable. La jeune femme ici présente s'appelle Tamara et elle se demande pourquoi elle est obligée de vendre son cul pour envoyer de l'argent à sa fille. Le crétin à mes côtés se nomme Octave, et lui aussi s'interroge sans cesse, comme vous pouvez le voir à son visage de gargouille tuberculeuse. Qui pourrit le monde ? Qui sont les méchants ? Les Serbes ? La mafia russe ? Les intégristes islamistes ? Les cartels colombiens ? Têtes de Turc ! Comme le « complot judéo-maçonnique » dans les années 30 !

Voyez-vous où je veux en venir, Lady Machin-chose ? Notre bouc émissaire, c'est vous. Il est important pour chacun d'entre nous sur cette terre de connaître les conséquences de ses actes. Par exemple, si j'achète des produits Monsanto, je soutiens les organismes génétiquement modifiés et la privatisation des semences agricoles. Vous avez confié vos économies à un groupement financier qui vous rapporte suffisamment d'intérêts pour vous payer cette atroce villa dans les beaux quartiers de Miami. Il est probable que vous n'avez pas très bien réfléchi aux conséquences de cette décision anodine pour vous et déterminante pour nous, comprenez-vous ? Car cette décision fait de vous la MAÎTRESSE DU MONDE.

Charlie lui tapote la joue pour qu'elle ouvre ses yeux pleins de larmes. La vioque pousse de petits cris plaintifs, étouffés par le foulard.

— Vous savez, poursuit-il, quand j'étais petit, j'adorais les films de James Bond, et il y avait toujours le méchant qui voulait devenir le Maître du Monde, alors il entraînait son armée secrète, cachée dans une forteresse souterraine, et il menaçait toujours de faire sauter la planète avec des missiles nucléaires volés en Ouzbékistan. Vous vous souvenez de ces films, madame Duchmolle ? Eh bien, j'ai découvert tout récemment que James Bond, comme Louis-Ferdinand Céline, s'est fourré le doigt dans l'œil. Le Maître du Monde, il n'est pas du tout comme ça, c'est rigolo, non ? Le Maître du Monde, il a un peignoir minable, une maison nulle, une perruque bleue, un bandana dans la glotte, et en plus il ne sait même pas qu'il est le Maître du Monde ! C'est vous, madame Wardmuche ! Et vous savez qui on est, nous ? 007 ! Ta ta tan ta tatata tan tan tan !

Charlie fredonne la musique de John Barry. Il chante juste mais cela n'empêche pas la Maîtresse du Monde de chialer pathétiquement, la tête enfoncée dans son oreiller aux couleurs criardes style Versace (qui n'est pas mort puisque son œuvre vit toujours).

— N'essayez pas de m'attendrir, madame Wardmoncul. Est-ce que vous vous êtes attendrie lorsque des régions entières ont été brisées par des dégraissages massifs, des restructurations intensives, des plans sociaux abusifs décidés uniquement pour vos beaux yeux ? Alors pas de chichis, s'il vous plaît. Un peu de dignité et tout se passera bien. My name is Bond, James Bond. Nous sommes seulement venus ici pour vous demander de dire à votre fonds de pension Templeton qui gère 200 milliards d'euros que, désormais, il ne pourra plus réclamer les mêmes rendements à ses entreprises, parce que sinon, de plus en plus de gens comme nous viendront rendre visite à des gens comme vous, d'accord ?

C'est alors que Tamara s'est interposée.

— Attends, Charlie, je crois qu'elle essaie de te montrer quelque chose.

Effectivement, la vioque montrait de ses doigts boudinés une photo encadrée sur sa table basse. Elle représentait un beau soldat de l'US Army souriant, en noir et blanc, avec son casque sur la tête.

— Mmfhghmfphhgg !!! gueulait-elle en pointant le portrait.

J'ai retiré le bandana de sa bouche pour qu'on puisse entendre un peu mieux ce qu'elle voulait dire par Mmfhghmfphhgg. Elle s'est mise à brailler comme un putois.

— WE SAVED YOUR ASS IN '44 ! MY HUSBAND DIED IN NORFUCKINGMANDY !! Regarde, CONNARD, le photo de MON MARI morte CHEZ VOUS à la D DAY !!

Personnellement, j'ai trouvé qu'elle marquait un point. Mais ça a fait déraper Charlie. Moi, je n'étais pas au courant de ses antécédents familiaux. Première nouvelle, je vous assure.

— Écoute, la Miss. On va pas se balancer nos morts à la figure toute la soirée. Cette guerre, vous ne l'avez faite que pour exporter Coca-Cola. IT'S COCA-COLA WHO KILLED YOUR HUSBAND ! Moi, mon père s'est suicidé parce qu'on l'avait viré de sa boîte pour augmenter ses bénéfices. Je l'ai retrouvé pendu, tu comprends ça, salope ? YOU KILLED MY FATHER !

Il la giflait un peu trop. La vieille saignait du nez. Je vous jure que j'ai essayé de le retenir mais l'alcool décuplait ses forces.

— T'AS FLINGUÉ MON PÈRE, VIEILLE TRUIE, TU VAS PAYER MAINTENANT !

Il la rouait de coups, visait les yeux avec ses poings, a cassé sa bouteille de bière sur son nez, a fait sauter son dentier et l'a introduit dans sa chatte, enfin bon, nous pourrions aussi considérer qu'il décida d'abréger une existence pleine de souffrances, et, de toute façon, presque arrivée à son terme, mais il me semble qu'on peut aussi appeler cela un dérapage. Bref, au bout de cinq minutes (ce qui est très long — par exemple, un round de boxe dure moins longtemps), Mrs Ward ne respirait plus et une odeur de merde a envahi la pièce. La housse Versace serait bonne pour le pressing.

Habituée semble-t-il aux dérapages, Tamara ne broncha pas. Après avoir mesuré son pouls, c'est-à-dire constaté son décès, elle se mit méthodiquement à ranger les dégâts le plus vite possible. Elle nous ordonna de déposer le cadavre de la retraitée au bas de son escalier gréco-romain. Puis nous sommes sortis sur la pointe des pieds de cette villa sordide, non sans détruire la caméra de surveillance avec les cailloux du jardin.

— Tu crois que la vidéo enregistre ?

— Non, c'est juste un interphone.

— De toute façon, même s'il y avait une trace, personne ne nous connaît ici.

Cette dernière phrase fit beaucoup rire les vigiles de garde qui passaient en revue les différents moniteurs de sécurité (l'un d'entre eux, un Haïtien, parlait couramment français) ; ils s'amusèrent moins quand ils s'aperçurent que Mme Ward avait succombé à l'agression et qu'il leur faudrait effectuer un rapport au Miami Police Department.

C'est à partir de là que j'ai cessé de réfléchir. Le quartier était désert. Charlie avait repris ses esprits. Il est tombé d'accord avec Tamara :

— Il était vraiment trop pourave, son canapé.

Nous avons terminé la soirée au Club Madonna, une boîte de strip-tease où les danseuses en string, parfaitement refaites (on pourrait créer un mot-valise pour ces cyberfemmes : « parefaites »), viennent chercher avec leur bouche les billets de dix dollars que vous coincez dans votre braguette. Nous avons acclamé des seins incroyables mais pas vrais.

— C'est toujours comme ça avec les femmes, a dit Charlie, soit elles nous frustrent, soit elles nous dégoûtent.

Piquée dans son orgueil de professionnelle, Tamara nous a ensuite gratifiés d'un show magnifique, debout sur le bar, suçant le goulot de sa Corona, durcissant ses tétons avec les glaçons de ma vodka, jusqu'à ce qu'on nous flanque à la porte pour concurrence déloyale. Puis nous nous sommes endormis tous les trois devant la TV « pay per view » de l'hôtel qui diffusait un excellent porno avec, notamment, un double fist anal, chose que j'ignorais techniquement possible, et je dois confesser que les cris de l'actrice me firent venir dans mon pantalon.

Le lendemain, comme nous reprenions l'avion pour rentrer à Paris (toujours en Business à un demi-euro-bâton le siège, au menu « nid de pâtes de sarrasin garni de caviar oscière relevé d'un cordon de jus de tomate crue »), Charlie m'a dit qu'il acceptait la nomination au poste de DC. J'ai prié pour que l'avion s'écrase mais, comme d'habitude, il n'en a rien fait. Et c'est ainsi que je me suis retrouvé, en une journée, à la fois patron d'agence et complice de meurtre.

7

De retour à Paris, nous trouvâmes sur nos ordinateurs cette circulaire e-mailée à tous les
employés de Rosserys & Witchcraft Monde (probablement rédigée par un logiciel de traduction
automatique) :

> Chers amis du groupe Rosserys & Witchcraft,
> L'une de mes obligations principales envers nos
> clients, nos actionnaires et chacun d'entre vous est d'indi-
> quer le futur de Rosserys & Witchcraft. Ces dernières
> années, nous avons tous eu la chance de bénéficier d'une
> qualité de managers exceptionnelle. Un groupe d'indivi-
> dus de talent qui nous a permis d'atteindre nos objectifs
> en tant que spécialistes du marketing global et intégré
> tout en transformant notre groupe en un leader commu-
> nicationnel de premier plan. Aujourd'hui je reconnais
> leur importance dans notre succès et je prépare le terrain
> pour la vitalité de Rosserys & Witchcraft dans le pro-
> chain millénaire.
> C'est avec une grande satisfaction et fierté que je vous
> annonce la nomination de Jean-François Parcot au poste
> de Président-Directeur Général de Rosserys Paris. Phi-
> lippe Enjevin est promu au poste de Président Europe
> avec le titre de Chairman Emeritus. Ces nominations
> sont effectives immédiatement. En tant que Chairman
> Emeritus, Philippe pourra passer plus de temps à faire
> ce qu'il aime — travailler activement à apporter sur le

marché une qualité supérieure de communication inté-
grée aux résultats globaux.

Le nouveau poste de Jean-François lui permettra de
se concentrer sur ce qu'il fait le mieux — travailler avec
nous à élever la qualité et la nouveauté stratégique que
nous apportons dans notre souci de croissance interna-
tionale. Jean-François a su revitaliser le budget Madone
depuis 1992 avec son sens du dynamisme et sa puissance
de travail.

Je tiens à remercier ici personnellement Philippe pour
son immense réussite à la tête de notre filiale française.
Aucun doute qu'il saura faire profiter le réseau européen
de sa connaissance du terrain et de notre portefeuille de
clientèle.

Jean-François a tenu à renouveler la direction de création française en nommant Octave Parango et Charlie
Nagoud à la place de Marc Marronnier, dont la disparition tragique a choqué tous les amis et collègues. Il vous
informera des autres changements de l'organigramme. Je
tiens ici à dire à la famille de Marc combien son sens
exceptionnel de l'intuition conceptuelle et des opportu-
nités créatives a enrichi l'histoire de l'agence ainsi que
l'évolution de la communication globale.

J'aiderai bien sûr Jean-François, Octave et Charlie
dans toute la mesure de nos moyens et je sais que vous
en ferez de même.

Lorsque je regarde le futur de Rosserys & Witchcraft,
je le fais avec fierté et une extrême confiance. Le lea-
dership de R&W au 21e siècle se maintiendra tout simplement au top niveau du business.

Avec mes sentiments ravissants,
Edward S. Farringer Jr

Cet enfoiré de Charlie avait répondu oui, en nos
deux noms, une semaine avant le tournage. Je
n'avais qu'à signer quelques papiers. Je me suis dit
qu'en acceptant, j'aurais peut-être le pouvoir de
changer quelque chose. C'était faux : on ne donne

jamais le pouvoir à ceux qui risquent de s'en servir. D'ailleurs quel pouvoir ? Le pouvoir est une invention révolue. Les pouvoirs d'aujourd'hui sont si multiples et dilués que le système en est devenu impuissant. Et nous qui répétions sans arrêt notre credo gramsciste : « Pour détourner un avion, il faut commencer par monter dedans. » Quelle ironie du sort ! À présent que nous entrions dans le cockpit, nos grenades à la main, et que nous nous apprêtions à donner des ordres au pilote sous la menace de nos mitraillettes, nous découvrions qu'il n'y avait pas de pilote. Nous voulions détourner un avion que personne ne savait piloter.

IL FAUT BIEN QUE QUELQU'UN PAIE :
RENDEZ-VOUS APRÈS CE MESSAGE.

LA SCÈNE SE DÉROULE AU CARROUSEL DU LOU-
VRE. UN GRAND DÉFILÉ DE MODE SE PRÉPARE. LA
FOULE SE PRESSE DEVANT L'ENTRÉE GARDÉE PAR
DE JOLIS GARÇONS DU LYCÉE JANSON-DE-SAILLY
EN CRAVATES ROUGES. NOUS PÉNÉTRONS À
L'INTÉRIEUR DE LA SALLE, PLEINE À CRAQUER
DE TOUS LES VIP'S DE LA TERRE.

LA LUMIÈRE S'ÉTEINT. LA FOULE DES INVITÉS
MURMURE UN « AAAH » DE CONTENTEMENT. SUR
LE PODIUM DÉFILENT DES FILLES ENTIÈREMENT
NUES AU SON D'UNE MUSIQUE TECHNO-DIRTY-
METAL-HARD-ACID-HOUSE.

LES INVITÉS S'EXTASIENT DEVANT CES SUBLI-
MES MANNEQUINS DÉNUÉS DE VÊTEMENTS : SEINS
MAJESTUEUX, FESSES REBONDIES, JAMBES INTER-
MINABLES, PUBIS RATIBOISÉ EN FORME DE REC-
TANGLE. SOUDAIN ELLES S'ARRÊTENT AU MILIEU
DU CATWALK, GLISSENT LEURS MAINS MANUCU-
RÉES SOUS LEURS AISSELLES ET Y TROUVENT UNE
FERMETURE ÉCLAIR ! ELLES DÉZIPENT ALORS
LEURS PEAUX SATINÉES, SE DÉBARRASSENT DE
LEURS ÉPIDERMES COMME ON RETIRE UNE COM-
BINAISON DE PLONGÉE. DANS LE PUBLIC, UNE
VIEILLE DUCHESSE S'ÉVANOUIT. UN BARBU POR-
TANT DES LUNETTES DE SOLEIL ÉJACULE SUR LE
VESTON DE SON VOISIN DE DEVANT. UNE JEUNE
FILLE DE DOUZE ANS SUCE UNE GLACE EN FORME
DE PHALLUS EN SE CARESSANT L'ENTREJAMBE.

SOUS LEURS PEAUX ARTIFICIELLES, LES TOPS
SONT EN MÉTAL. DES CYBORGS D'ACIER TREMPÉ,
DES ANDROÏDES MIROITANTS. L'UNE DES FILLES
EST RECOUVERTE DE COUPURES DE CENT EUROS.

UNE AUTRE SE MET À CRACHER DES PIÈCES DE MONNAIE. UNE TROISIÈME JETTE UNE PLUIE DE CARTES DE CRÉDIT COMME AUTANT DE CONFETTIS. CE SONT DE VÉRITABLES TIRELIRES ROBOTIQUES (D'AILLEURS UN DES MODÈLES SORT DES BILLETS DE SON SEXE MÉTALLIQUE COMME D'UN DISTRIBUTEUR AUTOMATIQUE).

STANDING OVATION DE LA FOULE. LES GENS GRONDENT DE PLAISIR. L'AMBIANCE EST ÉLECTRIQUE. LA MUSIQUE S'ACCÉLÈRE JUSQU'À EN DEVENIR INSOUTENABLE. DES TÊTES EXPLOSENT DANS LES TRAVÉES. ON DÉPLORE UNE DOUZAINE D'ARRÊTS CARDIAQUES ET PLUSIEURS VIOLS COLLECTIFS AU SECOND RANG.

PACKSHOT AVEC UNE PLUIE DE PIÈCES DE MONNAIE SUR LE CORPS NU D'UNE ADOLESCENTE THAÏLANDAISE.

signature en surimpression écran :

« ALLEZ DROIT AU BUT : JOUISSEZ DANS UNE PUTE. »

suivie de la mention légale : « C'ÉTAIT UN MESSAGE DE LA FFRMC (FÉDÉRATION FRANÇAISE POUR LA RÉOUVERTURE DES MAISONS CLOSES). »

(Idée reprise dans un clip
de Robbie Williams.)

V

Vous

« Dans une société bloquée où tout le monde est coupable, le seul crime est de se faire prendre. Dans un univers de voleurs, le seul péché définitif est la stupidité. »

HUNTER S. THOMPSON,
Las Vegas Parano, 1971.

1

À la Rosse, ça vous a fait tout drôle de revenir en vainqueurs. D'abord l'agence a déménagé : puisque l'ancien paquebot pourrissait, vous l'avez laissé couler, et la place Marcel-Sembat de Boulogne-Billancourt ressemble désormais à un chantier naval désaffecté, avec ses dockers dépressifs en tenue de rap, prenant racine devant le McDo. Pour construire vos nouveaux locaux, trois cents mètres plus bas, vous avez détruit une ancienne usine avant de la reconstruire à l'identique, vous ne savez pas pourquoi (déflocage d'amiante ? incompétence de l'architecte ? un peu des deux ?). Une cheminée de vingt mètres couronne l'immeuble, tel un phallus de brique rouge. Elle ne brûle jamais rien — ou pas encore.

Vous vous délectez assez de votre promotion professionnelle. Les regards terrorisés des 300 néo-employés. Les lèvres nymphomanes des ex-indifférentes. Le changement de ton des supérieurs désormais inférieurs. La camaraderie aussi franche que soudaine de ceux qui se découvrent tout d'un coup vos vieux compères et amis de toujours. La

227

déférence est une déchéance. Mais Charlie et toi, vous avez le triomphe modeste. Vous réunissez toute l'agence et lui tenez ce discours :

« Chers amis, l'idée de nous nommer Directeurs de Création est si incongrue que nous ne pouvions qu'accepter la proposition de Jean-François. Il était plus courageux de lui répondre oui que non. Nous sommes prêts à affronter une période difficile : d'abord parce qu'il n'est pas simple de passer après un authentique génie comme Marc (ici vous laissez passer quatre secondes et dix centièmes de silence ému), ensuite parce que nous sommes des publicitaires publiphobes et que nous allons devoir surmonter ce paradoxe avec votre aide. La publicité pollue, et il sera de notre devoir d'inventer une écologie de la communication. Nous serons — et par conséquent vous serez — obligés d'être intelligents par respect pour le consommateur. Finies les images inutiles sur de la pellicule gâchée ! Nous avons décidé d'ouvrir l'agence à de nouveaux créateurs : écrivains méconnus, poètes maudits, auteurs de sitcoms refusés, graphistes underground, réalisateurs de films pornographiques. Il est temps que la pub se reconnecte sur l'avant-garde artistique de son époque. La Rosse doit redevenir le laboratoire expérimental qu'elle fut à ses débuts ; nous tenterons d'être à la hauteur de l'ambition créative qui a toujours été celle de cette enseigne.

Nous commencerons donc par quelques mesures symboliques (prenant effet immédiatement) : tout d'abord, des haut-parleurs diffuseront en permanence la chanson "T'es OK, T'es bath, T'es in" du groupe Ottawan, qui servira aussi de musique d'attente téléphonique. Les standardistes et les hôtesses d'accueil seront torse nu dans l'entrée de l'immeuble. Toutes les présentations de campagnes seront exclusivement effectuées chez nos clients par des acteurs comiques recrutés dans les cafés-théâtres, accompagnés d'un orchestre russe pour l'ambiance. Tous les employés de la Rosse devront impérativement s'embrasser sur la bouche pour se dire bonjour. Tous les créatifs se verront confier une caméra Sony PC1 pour réaliser toutes les images qui leur passeront par la tête.

Il nous faut retrouver l'innocence originelle, l'enfance de l'art. Soyons sans cesse ÉMERVEIL-LÉS. Il faut casser ce système autosuffisant, étonner en changeant les règles du jeu, sinon on ne touche plus les gens : on jette l'argent de nos marques par les fenêtres. N'oubliez jamais, et ce sera notre conclusion, que vous êtes ici pour VOUS amuser, et que c'est en VOUS amusant que vous risquez d'amuser nos acheteurs. La nouvelle devise de la Rosse France est de Sir Terence Conran : "Les gens ne savent pas ce qu'ils veulent jusqu'à ce qu'on le leur propose." Elle sera gravée au-dessus de la porte d'entrée dès demain matin. Merci de votre attention et que la fête continue ! »

Les applaudissements furent nourris, bien que peu spontanés. Vous avez convié vos 300 nouveaux subalternes à un pot dans la salle de réunion du patio. Les salariés étaient presque convaincus, à force de chier dans leur froc devant vous, que vous disiez la vérité et que les choses allaient changer.

Vous n'auriez plus qu'à les décevoir à petit feu, avant de disparaître comme votre prédécesseur (lequel a laissé un trou dans la caisse de 20 millions d'euros).

Sur vos agendas d'importants nouveaux patrons modernes, vous notez les trucs à faire pour vous rendre populaires :

« 11 h 00 : être poli avec quelqu'un d'inutile.

13 h 30 : penser à penser.

15 h 15 : appeler un bas salaire par son prénom (se renseigner auprès de la DRH).

17 h 10 : demander des nouvelles de la fille d'un subalterne malade (devant témoins).

19 h 00 : sourire en partant. »

À la fin de votre cocktail d'intronisation, Charlie avait organisé une surprise pour tous les créatifs seniors : un dîner Chewbacca. Vous vous êtes donc tous revêtus de costumes d'orangs-outangs géants avant de souper dans un salon privé, chez Lapérouse, où douze filles louées firent le poirier, nues, les jambes écartées, pour que vous puissiez déguster des huîtres fraîches sur leur sexe. Un indéniable sens de la motivation interne, ce Charlie.

2

Votre première présentation-client fut néan-moins calamiteuse. Chez Madone, Alfred Duler et ses sbires avaient projeté le film Maigrelette (version aseptisée) à un panel de consommatrices du produit et les résultats de test n'étaient pas fameux : lors d'une « conference call » houleuse, vous avez dû batailler contre le verdict des ménagères de moins de cinquante ans. « Trop éthéré », « overpromising », « anxiogène », « faible GRP », « pas assez impactant », « trop de maghrébité », « peu qualitatif au niveau du *tone and manner* », « packshot pas suffisamment attribuable »... La Berezina. Vous avez lutté ferme pendant toute la visioconférence, insistant sur les « modifs possibles sur le plan sonore », les « grossissements de pack effectuables en post-prod », le « réétalonnage à effectuer ASAP » (« As Soon As Possible »), l'« importance d'une innovation formelle sur cette niche », l'« appétence au niveau du ressenti conso et de la présence à l'esprit », et quand vous avez raccroché le client donnait son « OK sous réserve des remarques de recadrage fixées dans la Brand Review à télécopier ASAP ».

Vous découvrez qu'être chef ne préserve pas des courbettes. Le directeur de création est comme un ébéniste à qui son client ordonnerait de fabriquer une table bancale sous prétexte que c'est lui qui la paie. Les annonceurs ne s'en aperçoivent même pas, mais à force de prudence, ils dépensent la majeure partie de leur argent pour vous forcer à rendre leur publicité invisible. Ils ont tellement peur de déplaire à leur clientèle (ce qu'ils appellent « altérer leur capital-image ») qu'ils en deviennent rigoureusement transparents. Ils font acte de présence sur vos écrans mais craignent de s'y faire remarquer. En tant que Directeurs de Création, vous n'êtes là que pour entériner leur schizophrénie.

Ainsi va la grande chaîne du mépris publicitaire : le réalisateur méprise l'agence, l'agence méprise l'annonceur, l'annonceur méprise le public, le public méprise son voisin.

Voici ce qui reste du 30 secondes Maigrelette tourné à Miami : ce n'est pas un recadrage mais l'amputation d'une amputation (un cautère sur une absence de jambe de bois ?).

« Tamara en plan américain s'assied sur la terrasse d'une belle maison de campagne (**ne pas démultiplier les clichés d'introduction avant l'apparition du produit ; anamorphoser les jambes de la comédienne pour accentuer l'insight consommateur ; réétalonner le visage pour éclaircir sa couleur**). Elle regarde la

232

caméra et s'écrie : "Je suis belle ? On dit ça. Mais moi je ne me pose pas la question. Je suis moi, tout simplement." (**Supprimer "On dit ça" qui induit le doute ainsi que "Mais moi je ne me pose pas la question" qui est superflu : si elle ne se "pose pas la question", pourquoi en parler ? Ce qui donne au final : "Je suis belle ? Je suis moi, tout simplement.")** Elle saisit un pot de Maigrelette qu'elle entrouvre délicatement avant d'en déguster une cuillerée. (**Grossir tous les plans produit.**) Elle ferme les yeux de plaisir en goûtant le produit. (**Est-il possible de faire durer ce plan plus longtemps ? Rappelons qu'il s'agit du "key visual" émergent en post-test. Il est vital de dramatiser la désirabilité produit pour souligner la perception d'un bénéfice de plaisir gustatif déculpabilisé.**) Puis elle poursuit son texte en regardant les téléspectateurs droit dans les yeux : "Mon secret c'est... Maigrelette. Un exquis fromage blanc sans aucune matière grasse. Avec du calcium, des vitamines, des protéines. Pour être bien dans sa tête et dans son corps, il n'y a rien de meilleur." (**Penser à rajouter une démo produit en 3D avec le yaourt qui se déverse dans une jatte de lait onctueux et les mots "calcium", "vitamines", "protéines", "0 % m. g." en surimpression avec typo grasse plus impliquante/interpellante pour nos consommatrices.**) Tamara se lève et conclut avec un sourire complice : "Voilà mon secret. Mais ce n'en est plus un, maintenant, puisque je vous ai tout dit hi hi." (**Supprimer la blague inutile qui prend trois secondes au détriment du pack. On peut très bien conclure sur "Voilà mon secret" qui est plus leader et spécifique dans le contexte concurrentiel.**) Packshot et signature : "MAIGRE-

LETTE. POUR ÊTRE MINCE SAUF DANS SA TÊTE." (Est-il possible d'investiguer d'autres baselines ? Il faut jouer sur les différentes cibles concernées : les enfants, les personnes âgées, les adultes, les jeunes, les hommes, les femmes. Et ce, dans le cadre d'une plus grande modernité.) Suivi du jingle d'attribution marque : "mm Madone." »

Pour la baseline, vous vous en foutez puisque vous en avez une de rechange : « MAIGRELETTE. ON A TOUS BESOIN D'UNE DOSE DE LÉGÈRETÉ. » (Voir acte IV, scène 4.)

3

Ensuite c'est Cannes, le Festival, oh pas celui du cinématographe, non, l'autre, le vrai, celui qui a lieu en catimini comme les réunions de l'OMC ou les symposiums de Davos, tous les ans au mois de juin, un mois après la mascarade sponsorisée : la Semaine Mondiale de la Publicité, en anglais « 48th International Advertising Festival » ou « Cannes Lions 2001 ». Là se rendent les discrets tout-puissants, ceux qui financent les longs métrages avec le « placement produit » (comme BMW avec les James Bond ou Peugeot avec *Taxi 1* et *2*), ceux qui s'achètent les studios de cinéma avec leur argent de poche (comme Seagram avec Universal, Sony avec Columbia-triStar, AOL avec Warner Bros), ceux qui font des films uniquement comme « support de collection » pour vendre leur merchandising (comme Disney ou Lucas-film), ceux qui possèdent la planète (dans tous les sens du verbe « posséder »). Un film publicitaire de 30 secondes touche beaucoup plus de monde qu'un film de cinéma d'une heure et demie (par exemple, le plan-média du spot Maigrelette a été conçu pour atteindre 75 % de la population des pays exposés).

Dépenses des principaux annonceurs français en publicité (en 1998) :

Vivendi	2 milliards de francs.
L'Oréal	1,8 milliard de francs.
Peugeot-Citroën	1,8 milliard de francs.
France Telecom	1,5 milliard de francs.
Nestlé	1,5 milliard de francs.
Madone	1,3 milliard de francs.

Toutes ces marques sont rigoureusement inattaquables. Elles ont le droit de vous parler mais vous n'avez pas le droit de leur répondre. Dans la presse, vous pouvez dire des horreurs sur des personnes humaines mais essayez un peu de descendre un annonceur et vous risquez très vite de faire perdre à votre journal des millions d'euros de rentrées publicitaires. À la télévision, c'est encore plus retors : une loi interdit de citer des marques à l'antenne pour éviter la publicité clandestine ; en réalité, cela empêche de les critiquer. Les marques ont le droit de s'exprimer autant qu'elles le veulent (et paient ce droit très cher), mais *on ne peut jamais leur répondre*. Quant au livre... Madone n'est pas le vrai nom de mon client afin d'éviter un procès pour « dénigrement de marque déposée », « contrefaçon », « parasitisme », « diffamation », « détournement » ou « concurrence déloyale ».

En anglais, « publicité » se dit « advertising » — les inventeurs de cette profession ont tenté de nous avertir.

À l'aéroport, une hôtesse vous demande :
— Vous avez des bagages ?
Vous répondez :
— Oui, moi j'ai un DESS de marketing et lui il a fait les Beaux-Arts.

Charlie et toi, vous incarnez le sommet de la réussite cannoise : jeunes, bronzés, riches, effrayants, vous arpentez la Croisette en tee-shirt de la Rosse (« Ici on va vous Rosser » devant, « À la Rosse c'est fou ce qu'on Bosse » derrière, c'est un petit CDD au SMIC qui a trouvé le titre) avec vos lunettes noires Helmut Lang Opticals et vos New Balance aux pieds, vous êtes des nababs cool. Logiquement, vous devriez cartonner avec les gonzesses arrivistes qui descendent ici pour démarcher du taf, leur book sous le bras au Jane's Club loué par Première Heure (une grosse boîte de prod venue ici passer la brosse à reluire dans le dos des créatifs). Pour le moment, vous allez déjeuner gratuit sur la plage du Carlton à la table d'Alain Bernard et Aram Kevorkian, les patrons de la Pac (les pires ennemis de Première Heure, venus ici entretenir de bonnes relations commerciales avec leurs amis d'enfance). Vous traversez parfois des instants de joie passagère, de brefs moments de bonheur inexplicable : vous les baptisez des « Near Life Experience ».

Au buffet, vous reconnaissez tous les nouveaux pontes du métier, déguisés en SDF, une bande de chevelus (ou tondus) mal rasés, en tee-shirts déchirés, jeans délavés et baskets pourries, engrangeant les plus gros salaires du pays. Leurs noms sont marqués sur leurs badges :

— Christophe Lambert, pédégé de CLM-BBDO (62,5 millions d'euros de marge brute, l'agence de Total « Vous ne viendrez plus chez nous par hasard », France Telecom « Nous allons vous faire aimer l'an 2000 », Pepsi-Cola « The choice of a new generation »)

— Pascal Grégoire, Président et DC de Leagas Delaney (petite agence auteur d'un énorme coup pendant la Coupe du Monde de Football de 98 : Adidas « La victoire est en nous »)

— Gabriel Gaultier, Président du Club des Directeurs Artistiques, association qui regroupe tous les créatifs français, et DC de Young & Rubicam (73,5 millions d'euros de marge brute, l'agence d'Orangina « Il faut bien secouer Orangina sinon la pulpe elle reste en bas », Stimorol « Mâchez danois », Ricard « Respectons l'eau »)

— Christian Blachas, le patron de *CB News* (vous le voyez tous les dimanches soir sur M6 présenter « Culture Pub » avec Thomas Hervé)

— Éric Tong Cuong, comme son nom l'indique Président d'Euro RSCG Babinet Erra Tong Cuong (marge brute non communiquée, l'agence d'Évian « Déclarée source de jeunesse par votre corps », Peugeot « Pour que l'automobile soit toujours un plaisir », Canal + « Pendant qu'on regarde Canal +, au moins on n'est pas devant la télé »)

— Benoît Devarrieux, fondateur de devarrieux-villaret (19,21 millions d'euros de marge brute, l'agence du Crédit Lyonnais « Votre banque vous doit des comptes », Volvic « L'eau de Volvic est une chance »)

— Bernard Bureau, vice-président d'Ogilvy & Mather (72 millions d'euros de marge brute, l'agence de Perrier « L'eau, l'air, la vie », Ford Ka « On ne pense Ka ça »)

— Gérard Jean, cofondateur de Jean & Montmarin (l'agence de Yop « Les années Yop », Teisseire « Vous n'auriez pas dû les priver de Teisseire », Herta « Ne passons pas à côté des choses simples »)

— Jean-Pierre Barbou, un des nombreux DC de BDDP@TBWA (127 millions d'euros de marge brute, l'agence de McDonald's « McDo pour les intimes », SNCF « À nous de vous faire préférer le train », 1664 « Quatre chiffres plus forts que tous les mots »)

— Christian Vince, vice-PDG du groupe DDB France (128,6 millions d'euros de marge brute, l'agence de Volkswagen « C'est pourtant facile de ne pas se tromper », FNAC « Agitateur depuis 1954 », Badoit « Peut-on envisager un repas sans Badoit ? »)

— Bertrand Suchet, fondateur et président de Louis XIV (l'agence d'Audi « Les apparences sont faites pour être dépassées », Regina Rubens, « Respirez, vous êtes une femme », Givenchy, « un peu plus loin que l'infini »)

Il y a aussi Zzz, ainsi surnommé parce qu'il se fait offrir des voyages à l'île Moustique par toutes les maisons de production (partout où il entre, il est accueilli par un bourdonnement, tous ses collègues qui se mettent à faire « zzzzzz », c'est marrant mais curieusement, lui, ça ne le fait pas rire du tout).

Il y a aussi tous ces bonshommes un peu bedonnants qui ont eu deux-trois idées marrantes il y a vingt ans et vivotent là-dessus depuis. L'un d'entre eux a ainsi bâti toute sa fortune en vendant le même slogan à des clients différents : « La chaussette, c'est Kindy », « Le fromage, c'est Kiri », « Le cacao, c'est Banania », « La montre, c'est Kelton », « La chaussure, c'est Bâta »... Vous faites tous de gros efforts pour avoir l'air de vous amuser. S'amuser, c'est la même chose que se suicider, sauf qu'on peut le faire tous les jours. Dès qu'on prononce devant Charlie et toi le nom de Marronnier, vous tirez la tronche de circonstance : « Ah là là là là là là là, m'en parle pas, il nous manque çui-là, tu sais qu'on reçoit toujours du courrier pour lui, des catalogues Image-Bank à son nom, putain ils pourraient actualiser leurs fichiers, merde, la profession est en deuil, de toute façon Cannes c'est fini... On se retrouve au bar du Martinez ce soir, après la short-list ? »

La short-list, c'est le choix du jury des 100 meilleurs films publicitaires du monde (sur 5 000 candidats). Et vous y figurez, avec votre « Maigrelette, It's so good when it comes in your mouth ». Le jury, composé de confrères japonais, anglais, allemands, américains, brésiliens et français a trouvé la scène si osée qu'il l'a retenue, malgré quelques sifflets dans le grand auditorium. Vous avez inscrit la version Dogma in extremis, après l'avoir diffusée une seule fois à trois heures du matin sur Canal Jimmy. Ainsi, juridiquement, elle est considérée comme une vraie campagne alors que le client n'en a jamais voulu et que le public ne l'a jamais vue (en revanche, la version « cautère sur moignon » est diffusée en rotation maximale sur TF1 tous les soirs avec sa nouvelle signature : « MAIGRELETTE. ON A TOUS BESOIN D'UNE DOSE DE LÉGÈRETÉ », mais inutile de dire qu'elle n'a pas passé le premier tour ici). Tamara devrait vous rejoindre demain, ce serait tout de même fabuleux que vous gagniez un prix un mois à peine après votre nomination à la tête de Rosserys &Witchcraft France. Vous monteriez sur la scène, vous seriez cités à la télé et dans la presse : « La France, toujours à la traîne des autres pays occidentaux au niveau de la création publicitaire, a tout de même décroché quelques récompenses, dont un Lion d'Or pour Maigrelette de Madone, le pastiche de film pornographique de l'agence Rosserys & Witchcraft, qui vient de se doter d'une nouvelle direction de création bicéphale. » Dans *Stratégies*, vous auriez votre photo avec cette légende : « Octave Parango et Charlie Nagoud nous déclarent : *Ce qu'il faut, c'est fédérer les enthousiasmes au rendez-vous des carrefours de demain.* »

Propos glanés sur le ponton de ski nautique du Majestic, entre personnes se tapant dans les mains pour se dire bonjour :

— Dior m'ennuie.

— Tu as vu le 30 secondes avec le lapin qui saute à l'élastique ?

— Et celui pour la Mégane avec les freins qui déforment les cheveux ?

— Carton. To-tal mé-tal.

— Le nouveau Air France de Gondry est parfait.

— Je suis moins sûr des nouveaux Diesel, c'est rameux.

— La campagne Tag Heuer est un drame.

— Par contre les derniers Pepsi m'ont troué le cul.

— Qu'est-ce que tu penses du Kiss FM avec le gros black qui chante dans sa Coccinelle ?

— Telmor. Over the top.

— Les Norvégiens vont encore tout rafler.

— Il va y avoir une standing ovation pour le pédé dragué par une fille.

— C'est une vraie idée.

— T'as vu les deux mecs dans le sauna ? ça sent l'or à vingt mètres.

— J'adore ton Maigrelette mais c'est con qu'il n'y ait pas d'animaux dedans. Les chiens, les chats, c'est ultra-cannois.

— Nos pères ont failli être associés, tu le savais ?

— Ah bon ? Embrassons-nous. Tu t'appelles comment ?

— Nathalie Faucheton.

— Oui, vous savez, moi, je suis celui qui aime bien être insolent...

Sourire tout plissé.

— Je vais te dire un truc : si tu n'es pas avec moi, tu es contre moi.

— Ah Ah Ah ! J'ai cru que t'étais sérieux !

— Moi maintenant c'est ter-mi-né : en hiver, je suis dans l'hémisphère Sud.

— T'as vu notre petit Maigrelette ?

— Überfashion.

— J'adore l'idée mais pas l'exé.

— Non mais sérieusement, t'aimes ou t'aimes pas ?

— Entre « j'aime » et « j'aime pas », c'est plutôt « j'aime pas ».

— Arrête, je suis immuno-déprimé.

— Non, je déconne. Franchement, c'est excellent mais vous auriez dû garder la baseline française, « it comes in your mouth », ça fait trop jeu de mots.

— Quoique. Les Ricains sont tellement puritains qu'ils vont tous voter pour. Dès qu'il y a du cul, ils trouvent ça vachement osé parce qu'ils sont infoutus de le fourguer chez eux.

Pouce en l'air.

— L'autre jour, j'étais en réunion et un client me sort : « C'est bien mais il faudrait rajouter de l'aujourd'huité », tu sais ce que je lui ai répondu ? « Et de la demainnitude aussi ? »

Rire vaginal.

— Moi j'ai un chef de groupe qui me parle tout le temps de la « gustativité » ! Il ne connaît pas le mot « goût » !

— On n'apprend pas le goût dans les écoles de commerce.

— De toute façon, il vaut toujours mieux dire « je t'adore » que « je peux pas te blairer ».

— Le mieux du mieux, c'est celui avec le mec qui chante « get up... ah » en attendant la bagnole qui passe tous les jours.

— Je l'ai pas vu, tu me fais déposer la cassette ?

— C'est à fond sur le produit et en même temps complètement pur sur l'idée.

— C'est trop éthéré.

— Oui mais c'est très hétéro.

— J'en reviens pas que les Nike soient short-listés alors que le testimonial de la femme de Hulk est sorti.

— C'est sûrement les Japonais qui n'ont rien pigé.

— Le Maigrelette porno, fallait quand même oser.

— C'est tellement con que ça fonctionne à donf.

— Ça va être une boucherie.

— T'es au courant de la dernière de Tony Kaye ? Il a exigé la construction d'un tunnel avec 600 daurades clouées sur les murs et ne s'en est jamais servi.

— Je lance un nouveau média, il faut absolument que je t'en parle, ça s'appelle le « magalogue » : c'est entre le magazine et le catalogue.

— Pourquoi tu ne l'appelles pas le catazine ? Yeux au ciel.

— Comment va Sophie ?

— Elle attend un enfant.

— Ça alors ! C'est drôle, moi, j'attends un canapé.

— e-salut.

Voici Mathieu Cocteau, un ancien rédac de chez BDDP qui s'est lancé dans la conception de sites Internet.

— e-bonjour. Alors ça marche ton petit e-business ?

— e-ouaips. Je me suis fait e-200 millions en six e-mois.

— Mais qu'est-ce que tu e-fous e-là ?

— On a e-besoin de vous. Il faut de la pub pour faire connaître mes e-sites de e-merde et aussi de la pub dedans, pour les financer en vendant des bandeaux. La nouvelle économie n'est pas nouvelle du tout. Comme l'ancienne, elle n'existe que par la publicité.

— Je vais te dire : notre prouesse, après avoir dégoûté le public de la pub dans les années 80, fut de leur faire croire que nous étions démodés dans les années 90 et dépassés par le Net dans les années 00. Alors que nous n'avons jamais été aussi powerful !

— e-bon. Pas trop le e-temps de vous e-causer. Faut que j'aille au cybercafé de la plage pour checker mes mails. Allez, e-ciao.

— bye-bye.com !

Et la nuit, au Nibarland, vous dansez tous assis sur vos fauteuils, comme des tétraplégiques. La mode vient de New York : là-bas, le maire a tellement restreint les autorisations de boîtes de nuit que tous les fêtards s'agglutinent dans des bars où il est interdit de danser. Au Spy, au Velvet, au Jet, au Chaos, au Liquid, au Life, on écoute donc de la house music à tue-tête en se contentant d'agiter les bras sans jamais se lever de son tabouret. Et maintenant la tendance a traversé l'Atlantique. Il est du dernier vulgaire de s'agiter debout sur une piste de danse. Dans le monde entier, il importe de rester assis dans la cacophonie générale pour être dans le coup. Dans la discothèque cannoise, vous reconnaissez vite les autochtones, à ce qu'ils dansent avec des jolies filles du cru, en se marrant comme des baleines, tandis que les publicitaires demeurent assis sur les banquettes à siroter leurs boutanches pour montrer aux confrères qu'ils reviennent de New York City. Et vous, Charlie et toi, vous faites exprès de vous lever dix fois de table pour aller aux chiottes, attendre cinq minutes là-bas, et revenir tout décoiffés, en reniflant et buvant de grands verres d'eau en vous grattant le nez pour faire croire aux Japonais de Dentsu que vous avez de la coke et pas eux.

Cette fois, vous avez l'impression d'être dans un film de David Lynch : derrière une apparence policée et souriante se cache une dimension obscure, une violence secrète, une folie destructrice qui vous force à sourire encore plus large.

4

Et maintenant mettez-vous dans la peau du commissaire Sanchez Ferlosio, 53 ans, dans son étroit bureau cannois. C'est la fin de journée, vous voyez tranquillement arriver le week-end et les cigales qui chantent et un ballon de blanc au comptoir du Buffet de la Gare, quand soudain c'est le branle-bas de combat : vous recevez un mandat d'arrêt international par e-mail avec en pièce jointe une RealVideo. Vous double cliquez sur l'icône et vous vous retrouvez en train de mater trois Français en noir et blanc qui sortent d'une villa en s'écriant ; « Tu crois que la vidéo enregistre ? — Non, c'est juste un interphone. — De toute façon, même s'il y avait une trace, personne ne nous connaît ici » avant de s'approcher de l'objectif avec un gros caillou à la main.

Vous déchiffrez péniblement un message en anglais, titré « First Degree Murder Prosecution » (tout de même), vous comprenez mal l'anglais mais, grosso modo, il semble y être question d'une enquête de la Police de Floride auprès de la municipalité de Miami à propos des autorisations de

247

tournage en plein air au mois de février. Les noms des trois suspects français défilent alors sous vos yeux et en lisant leur profession, vous voyez très bien pourquoi on est venu vous déranger, vous, en plein Festival de la Publicité à Cannes. Vous regrettez le temps où votre métier était lent et difficile ; et vous décrochez votre téléphone pour avoir la liste des inscriptions dans les Palaces de la Croisette.

Tamara et toi, vous vous réveillez quand le jour se couche : les rideaux du Carlton sont très épais et il suffit d'accrocher « Do not disturb » sur la poignée de porte pour que le service d'étage vous foute la paix. Vous avez picolé toute la nuit mais tu ne t'es toujours pas remis à la coke : vous avez préféré essayer les champignons rapportés d'un smart-shop d'Amsterdam. Grâce à eux, vers quatre heures du matin, tu as trouvé une idée de pub pour la compétition Humex Fournier (des gélules contre le rhume) :

« Une blonde avec un brushing est assise à l'arrière d'une grosse Mercedes en compagnie d'un riche Arabe. Le chauffeur est très enrhumé. Soudain il se prépare à éternuer : "att... att..." au moment où la voiture s'engouffre dans le tunnel de l'Alma. Écran noir. On entend un crissement de pneus et le terrible bruit d'un choc très violent. Le logo "Humex Fournier" apparaît avec cette signature : "Humex Fournier. Stoppez votre rhume avant qu'il ne vous stoppe." »

Pas mal, te dis-tu en relisant le morceau de

nappe sur lequel tu as griffonné ce concept qui sera facturé un million d'euros. Mais on peut mieux faire.

« John-John Kennedy pilote un petit avion au-dessus de Long Island. Il est très enrhumé, tousse et éternue sans cesse. Sa femme, Carolyn, est un peu inquiète, ce qui rime avec son nom de jeune fille, Bessette. Elle lui propose une gélule d'Humex Fournier mais John refuse car ils sont très en retard au mariage de sa cousine. Soudain il recommence à éternuer violemment, ce qui fait dévier la trajectoire de l'aéroplane. Le logo "Humex Fournier" apparaît avec cette signature : "Humex Fournier. Ne commencez pas à piquer du nez." »

Hier soir, pour la première fois, vous avez fait l'amour et ce fut une merveille fruitée et logique. Octave, tu mérites ta réputation de spécialiste du taux de pénétration. Sur MTV, le groupe REM chantait « C'est la fin du monde et je me sens bien ». Tamara s'est rapprochée de toi ; tu cherchais une serviette de table pour essuyer tes doigts poisseux après avoir dévoré un beignet à l'abricot ; ce fut elle qui commença par te lécher la main ; puis le reste. Tu t'en es mêlé, ou vous vous êtes emmêlés, difficile à départager. Elle avait les lèvres sucrées (le beignet à l'abricot). Elle te caressait avec ses cheveux lents. Tamara avait la peau si lustrée qu'on se voyait dedans. Tu as rebandé juste après avoir joui. C'est une chose qui ne t'était plus arrivée depuis longtemps. Quand on vit avec quelqu'un, on ne connaît plus la deuxième érection. On ne remet plus le couvert. C'est pourtant si bon : vous venez d'éjaculer, vous vous regardez, buvez un peu d'eau, fumez une clope, gloussez, et tout à coup, paf, en un regard, le désir se repointe, vous avez de nouveau la chatte trempée et la bite endolorie tellement elle est dure. Baseline : un coup de barre, Tamara, et ça repart.

Pendant son sommeil, des gouttelettes de sueur se sont déposées comme de la rosée sur ses épaules et son front. Elle a, comme dit Paul-Jean Toulet dans *Mon amie Nane*, « la grâce dormante des Créoles, si lasses de n'avoir jamais rien fait ». Tu n'en reviens pas d'avoir mis aussi longtemps à lui enlever son débardeur blanc. Si tu avais su que ce serait si doux... Elle s'est teint les cheveux mais ils ne sont pas blonds, non, ils sont oblongs. Hier soir Tamara mangeait du tarama à la piscine du Majestic quand elle t'a dit :

— Tu veux que je te fasse ?

— Eh ! T'as les seins qui pointent !

— Oui, je pointe et après je tire, en général.

Quand elle tournait la tête les mecs avaient la tête qui tournait. Elle avait un profil chantourné (elle n'a pas les cheveux blonds mais oblongs ; le profil tourné mais chantourné ; les yeux dorés mais mordorés : tout s'allonge en la regardant, même les mots pour la qualifier). Ses cheveux oblongs avaient du retard sur elle, ils avaient du mal à la suivre, ils flottaient dans son dos et envoyaient dans la fumée un parfum que tu connaissais : Obsession... Celui de Sophie, au début, quand elle testait son pouvoir sur toi en boudant la bouche entrouverte comme dans une annonce presse pour

Carolina Herrera. Cela te fait penser que vous avez baisé sans capote.

— Fais gaffe, Tamara, je suis extrêmement fécond.

— Je m'en bats les trompes : je prends la pilule depuis dix ans. T'es pas malade au moins ?

Vous faites tous les deux semblant de dormir devant la télé câblée. Vous êtes réveillés par Charlie qui braille au téléphone :

— On a le sida ! On a le sida !

— Quoi ?

— Ben ça y est : le ministère de la Santé vient de nous confier le budget de la prévention contre le sida, c'est pas beau ? Dix millions d'euros sans compète !

Tamara se tourne vers toi :

— Qu'est-ce qu'il y a ?

— Oh, rien... C'était Charlie... On a le sida.

La veille au matin, vous avez ingurgité les champignons hallucinogènes ramenés d'Amsterdam, des psilocybes (4 têtes et 3 tiges chacun), et vos conversations ont pris un tour nouveau :

— T'as deux têtes.

— Le placard va exploser.

— Je suis starshootée.

— Je veux voir un film mais pourquoi, c'est normal ?

— Le temps de comprendre ce que tu me demandes, il est trop tard pour te répondre.

— Je n'arrête pas de travailler dans ma tête.

— Je me suis battu avec le mini-bar.

— La bave de la blanche colombe n'atteint pas le vieux crapaud.

— Je redeviens moi.

— J'ai pas envie de voir un truc de cul. Enfin bon ben là, de toute façon on le voit.

— Vous les filles, faut vous donner des raisons de nous garder.

— J'ai horreur des phrases qui commencent par « j'ai horreur ».

— Tu me désaltères.

— Tu n'arrêtes pas de me tromper.

— Ouais, mais j'aurais pu faire pire : t'épouser.

Connaissez-vous la différence entre les riches et les pauvres ? Les pauvres vendent de la drogue pour s'acheter des Nike alors que les riches vendent des Nike pour s'acheter de la drogue.

La mer dansait le long du golfe sombre. Elle n'avait pas de reflets changeants, la mer. Ce n'est que le lendemain que Tamara t'a annoncé qu'elle s'en allait pour toujours.

— Avec qui ?

— Alfred Duler, ton client de chez Madone ! Il est dingue de moi. Il laisse vingt messages par jour sur ma boîte vocale. On a couché ensemble la semaine dernière, il m'a emmenée au Trianon Palace, il n'en revenait pas, il mourait de trouille, c'était mignon. Tu sais, il est plutôt gentil et m'a fait un tas de grandes déclarations ; je crois qu'il veut vraiment quitter sa femme, tu sais, il s'ennuie dans sa vie.

— Oh ça n'est pas un scoop : il ennuie aussi des millions de gens. Mais que vas-tu faire de ta fille, tu la laisses au Maroc ?

— Ben, non, Alfred est d'accord pour la rapatrier en France, il veut qu'on s'installe ensemble, il va demander le divorce, il veut qu'on se marie, la totale, quoi... Tu sais, c'est fou ce qu'on peut chambouler la vie d'un quinquagénaire quand on a la taille fine et une langue agile...

— Et vingt ans de moins que sa femme.

— Écoute, ne fais pas la tête, tu sais bien qu'une occasion pareille ne se représentera pas souvent. C'est la chance de ma vie ! Je vais pouvoir me caser, devenir une grande bourgeoise. J'aurai pour la première fois une maison à moi. Je pourrai la décorer, et je m'appellerai Madame Duler, et ma fille Mademoiselle Duler, et on aura une voiture et des vacances en Provence. Je serai en sécurité, je pourrai enfin grossir ! Mais je ne t'oublierai pas, tu viendras à la fête, hein ? Je voulais même te prendre comme témoin mais Alfred ne veut pas, il est très jaloux de mon passé.

— Tu lui as tout raconté ?? Fais gaffe, c'est mon plus gros annonceur quand même.

— Euh... Non, pas tous les détails, d'ailleurs il n'y tient pas trop, mais enfin il se doute bien qu'on a folâtré ensemble.

— Ce qui était faux, jusqu'à hier soir.

— Oui, c'est pour ça que je t'ai violé, ça m'énervait qu'on n'ait jamais fait la chose. Dis donc, tu tenais la forme, c'était bien, t'étais content ? Je ne voulais pas te quitter sans te faire goûter la mar-

chandise. C'est grâce à toi tout ce qui m'arrive...
(en disant cela, elle montre du doigt la couverture
de *Elle*, une photo de Jean-Marie Périer sur
laquelle elle sourit avec en titre : « Tamara : la Maigrelette au Beur »).

— Mais tu ne veux pas venir à la cérémonie des
Lions ?

— Écoute, Alfred n'y tient pas, il est très pos-
sessif, je préfère ne pas le contrarier. Surtout qu'il
n'a pas tort : il dit que si je veux me lancer dans le
cinéma, je ne dois plus me galvauder dans la pub.

— Alors c'est comme ça que ça se termine ? Et
moi qui commençais à t'aimer !

— Arrête : la dernière fois que tu m'as dit ça,
c'était trop tôt, et maintenant c'est trop tard.

Et voilà, elle t'embrasse une dernière fois et tu
laisses filer son poignet gracile. Tu la laisses partir
parce que tu laisses tout le monde partir. Tu la
laisses filer vers la carrière de superstar que vous
connaissez tous. Tu te sens de plus en plus tuber-
culeux. À la seconde où elle referme la porte, commence la nostalgie de toutes les secondes précé-
dentes.

Le ciel se fond dans l'océan : cela s'appelle
l'horizon. « À l'aube du troisième millénaire... »
Depuis le temps qu'on nous en parle, ça fait tout
drôle de la voir enfin, « l'aube du troisième millénaire... ». Pas si terrible que ça. Des pétroliers traversent la baie, avec dans leur sillage une mer irisée
(c'est-à-dire polluée). Tu regardes l'échographie de

254

Sophie, qui devient de plus en plus floue, mais tu ne clignes pas des yeux, tu les laisses écarquillés jusqu'à ce que tes joues soient trempées.

Vous rencontrez des êtres qui viennent transformer votre existence mais ils ne le savent pas et puis vous trahissent doucettement, vous les voyez pactiser avec l'ennemi, et ensuite vous les regardez s'éloigner comme une armée après un pillage, sur fond de décombres et de soleil couchant.

Vous êtes les produits d'une époque. Non. Trop facile d'incriminer l'époque. Vous êtes des produits tout court. La mondialisation ne s'intéressant plus aux hommes, il vous fallait devenir des produits pour que la société s'intéresse à vous. Le capitalisme transforme les gens en yaourts périssables, drogués au Spectacle, c'est-à-dire dressés pour écraser leur prochain. Pour vous licencier, il suffira de faire glisser votre nom sur l'écran jusqu'à la corbeille, puis de sélectionner « vider la corbeille » dans le menu « Spécial » : l'ordinateur demandera alors « Souhaitez-vous supprimer définitivement cet élément ? Annuler. OK ». Pour vous escamoter, il suffira de cliquer sur « OK ». Autrefois, une pub disait « Un petit clic vaut mieux qu'un grand choc », mais à présent un petit clic provoque un grand choc.

Quitte à être un produit, vous aimeriez porter un nom imprononçable, compliqué, difficile à mémoriser, un nom de drogue dure, couleur caca, être un acide très puissant, capable de dissoudre une dent en une heure, un liquide trop sucré, au goût bizarre, et, malgré tous ces défauts évidents, rester la marque la plus connue sur terre. Vous aimeriez être une canette de Coca-Cola empoisonnée.

En attendant, si vous étiez Charlie Nagoud dans sa chambre d'hôtel, vous surferiez sur différents sites sexuels, et vous seriez très content de télécharger une vidéo « distrayante » (comme vous dites toujours), représentant une jeune Asiate qui suce un cheval avant de vomir un litre de sa semence, et cela vous ferait penser qu'il est grand temps de faire votre toilette pour être beau à la cérémonie de remise des Lions mondiaux. Seulement voilà : Odile, qui ne serait plus stagiaire mais AD senior récemment promue, occuperait la salle de bains depuis environ trois quarts d'heure.

Et si vous étiez Octave Parango, vous seriez devant la grande salle du Palais des Festivals, vous savez, le gros blockhaus d'inspiration néo-nazie au bout de la Croisette, là où les vedettes montent les marches à Cannes sous la mitraille des photographes. Vous seriez en train de poireauter au milieu d'une foule de pubeux de tous les pays du monde, en smokings loués, qui se préparent à assister à la remise des trophées autocongratulés. Vous entendriez le brouhaha, vous humeriez les parfums capiteux et les sudations terrorisées. Vous contempleriez la plage, son sable fin, ses yachts blancs. Vous auriez beau vous retourner, vous ne verriez pas deux mille ans derrière vous mais un con de Hollandais. Vous regarderiez de nouveau le sable vieux de cinquante mille ans et qui se fout de votre gueule. Que sont deux millénaires face à du sable ? Ce n'est pas parce que vous êtes né quelques années avant un changement de calendrier qu'il faut en faire tout un plat.

Vous savez que vous vous en sortirez toujours. Il suffit d'une idée. Vous trouverez toujours une bêtise pour vous remettre dans le coup : vendre aux gens des films pornos où ils feront l'amour avec leurs parents reconstitués en images de synthèse, parachuter du yaourt allégé Maigrelette sur un pays affamé, lancer une drogue en suppositoire, ou un suppositoire en forme de godemichet, proposer à Coca-Cola de teindre sa boisson en rouge pour économiser les frais d'étiquetage, dire au Président des États-Unis de bombarder l'Irak à chaque fois qu'il a des problèmes de politique intérieure, proposer à Calvin Klein de lancer des aliments transgéniques, à Madone de dessiner des vêtements bio, à Bill Gates de racheter tous les pays pauvres, à Nutella de fabriquer du savon au praliné, à Lacoste de commercialiser de la viande de crocodile sous vide, à Pepsi-Cola de créer sa chaîne de télé bleue, au groupe Total-Fina-Elf d'ouvrir des bars à putes dans toutes ses stations-service, à Gillette de lancer un rasoir à 8 lames... Vous vous en sortirez toujours, pas vrai ?

Alors zou, entrez dans la danse.

6

La salle est archicomble. Votre cœur bat très fort. Vous passez votre main dans vos cheveux, et vous donnez un coup de spray Déomint dans la bouche. Votre heure de gloire a sonné. Vous en voulez un peu à Tamara de vous avoir faussé compagnie mais ce n'est pas grave, Odile roule des palots à Charlie, il y a 6 000 personnes dans la salle, et peut-être allez-vous monter sur scène, si vous gagnez une récompense... Tout va bien. Mais alors pourquoi ce sourire de plus en plus crispé ?

Vous engagez la conversation avec votre voisine de gauche :

— Hi. My name is Charlie et lui c'est Octave.

— Je sais : vous êtes les deux nouveaux patrons de la Rosse.

— Ah. C'est bien ma veine : une Française. Et vous travaillez où ?

— À la Rosse. Adeline, je suis au service prod.

— Ah oui, bien sûr, Adeline, maintenant je te reconnais. Excuse-nous, on a très peu dormi depuis trois jours.

— Pas de problème. Vous croyez que le film Maigrelette a ses chances ?

— Difficile à dire. Possible. Il est tellement con que ça peut passer.

— Ah, au fait, fallait que je vous dise : Lady Di et John-John partent en test.

— Je sais, je sais. Et on a le sida.

— Oui, je suis aware. On est en phase de going là-dessus.

La lumière s'éteint. Clap clap nourri. Vous croisez les jambes, vous regardez votre montre, vous attendez votre catégorie (Milk & Dairy Products) en vous recoiffant avec les doigts. Devant vous défilent les spots les plus créatifs de la planète : des délires inconsidérés pour des corn-flakes, des régimes amincissants, des parfums, des jeans, des shampooings, de la vodka, des barres chocolatées, des nouilles, des pizzas, des ordinateurs, des sites Internet gratuits, de la nourriture pour chien, des 4 × 4, moments d'imagination et d'autodérision miraculeusement échappés à la vigilance des annonceurs, typographies novatrices, plans de pommes vertes floues, gros grain en 16 mm, design de demain, phrases qui « interpellent », logos rouges tridimensionnels, dessins animés hindous, musiques parodiques, huitième degré permanent, mots fléchés, pognon dépensé, pellicule grattée à la main, foules au ralenti, émotions libérées, et toujours les jolies filles, puisque tout repose sur les jolies filles, rien d'autre n'intéresse les gens. Vous tentez d'avoir l'air détendu à côté de votre voisine qui se tortille sur son siège et chantonne pour sembler relax. Si Albert Cohen avait vu cette scène avant 1968 (mais elle était impossible avant 1968 puisqu'elle en est la conséquence), il s'en serait inspiré pour décrire les babouineries de *Belle du Seigneur*.

— And the winner is... Maigrelette — The Nymphomaniac by Rosserys & Witchcraft France !
Gloire à Toi Lion d'Or. Hosanna au plus haut des Cieux. Car c'est à Toi qu'appartiennent le Règne, la Puissance et la Gloire Pour les Siècles des Siècles Amen.
Vous explosez de joie,
— yyyyesss !
descendez les travées,
gravissez les marches,
et vous vous apprêtez à remercier le réalisateur Enrique « sans qui nous ne serions pas là » et la belle Tamara « grâce à qui tout fut possible », à dire que votre idée c'était de « chanter un hymne à la vie qui respecte le timing humain »
et tout et tout,
quand ils vous tombent dessus.
Trois policiers vous ceinturent devant toute la profession mondiale, et c'est le commissaire Sanchez Ferlosio lui-même qui vous passe les menottes pour le meurtre de Mrs Ward à Coral Gables, Miami District, Florida State.

D'une certaine manière, on peut dire que vous vous étiez mis, de vous-mêmes, hors compétition.

7

« La vie se passe comme ça : vous naissez, vous mourez, et entre les deux, vous avez mal au ventre. Vivre, c'est avoir mal au ventre, tout le temps : à 15 ans, mal au ventre parce que vous êtes amoureuse ; à 25 ans, parce que vous êtes angoissée par l'avenir ; à 35 ans, parce que vous buvez ; à 45 ans, parce que vous travaillez trop ; à 55 ans, parce que vous n'êtes plus amoureuse ; à 65 ans, parce que vous êtes angoissée par le passé ; à 75 ans, parce que vous avez un cancer généralisé. Dans les intervalles, vous n'aurez fait qu'obéir à vos parents, puis aux professeurs, puis aux patrons, puis aux maris, puis aux médecins. Parfois vous vous doutiez qu'ils se foutaient de votre gueule mais il est déjà trop tard, et un jour, l'un d'entre eux vous annonce que vous allez mourir et alors, sous la pluie, on vous range dans un coffre en bois, sous la terre du cimetière de Bagneux. Vous croyez être épargné ? Tant mieux pour vous. Quand vous lirez ceci, je serai morte. Vous, vous vivrez, et moi, pas. N'est-ce pas bouleversant ? Vous vous promènerez, vous boirez, vous mangerez, vous baiserez, vous aurez le choix et moi, je ne ferai rien de tout cela, je serai ailleurs, dans un endroit que je ne connais pas plus que vous, mais que je connaîtrai au moment où vous lirez ces lignes. La mort nous sépare. Ce n'est pas triste, c'est juste que nous sommes, moi la morte et vous qui lisez cette lettre, de chaque côté d'un mur infranchissable et que pourtant nous pouvons parler. Vivre et entendre un cadavre qui vous parle : c'est pratique, Internet.

Votre fantôme favori,

Sophie. »

Vous vous regardez en chiens de faïence, les parents de Sophie et toi ; comme si vous alliez réussir à vous parler au parloir — si les parloirs servaient à se parler, cela se saurait — maintenant que Sophie n'est plus là, alors que vous n'y parveniez déjà pas quand elle vivait. Ils ont fini par te rendre visite au Centre de Détention de Tarascon, toi Octave le mauvais père qu'ils snobaient dans les réunions de famille. Ils ont les yeux aussi gonflés que cernés. Quatre grosses billes rouges et désespérées.

— Elle a envoyé ce message sur Internet par e-mail en provenance d'un hôtel sénégalais. Vous n'avez jamais eu de ses nouvelles depuis...

— Depuis notre séparation ? Non. Et ce n'est pas faute d'avoir essayé.

Tu accuses le coup. Elle était au Sénégal quand Marronnier s'est suicidé... Se sont-ils flingués ensemble ? Qu'est-ce qu'elle foutait là-bas avec lui ? Putain, déjà que c'est dur d'apprendre qu'on est *cornuto*, si en plus on l'apprend à titre posthume et en taule...

— C'est pas possible, c'est pas vrai, c'est pas vrai, c'est pas possible (vous alternerez ces deux phrases pendant une heure, inutile de retranscrire ici vos lamentations).

Tu les contemples, les deux vieux aux mentons tremblotants. Juste après être sorti du parloir, tu fonds en larmes devant un encart magazine pour Air Liberté. Ce n'est pas la première fois que tu chiales depuis que tu es incarcéré. En fait, pour des durs à cuire, vous chialez assez souvent, Charlie et toi. Tellement que lui a tenté de se pendre le lendemain de son arrivée ici. Et tu te lamentes :

— Je ne l'aimais plus mais je l'aimerai toujours sauf que je ne l'ai pas assez aimée alors que je l'ai toujours aimée sans l'aimer comme il fallait l'aimer.

Tu pleures encore à l'heure où tu écris ces lignes.

Bergson a défini le rire comme « du mécanique plaqué sur du vivant ». Les larmes sont donc l'inverse : du vivant plaqué sur du mécanique. C'est un robot qui tombe en panne, un dandy gagné par le naturel, l'irruption de la vérité en plein artifice. Tout à coup, un inconnu vous offre un coup de fourchette dans le ventre. Tout à coup, un inconnu vous offre une sodomie dans les douches. Tout à coup, une inconnue vous offre un adieu en forme d'échographie. Quand une femme enceinte se suicide, cela fait deux morts pour le prix d'un, comme dans les promotions lessivières. Et l'insolente Mylène Farmer de chanter à la radio : « Si je dois tomber de haut/Que ma chute soit lente. »

UNE DERNIÈRE COUPURE PUB,
ET À TOUT DE SUITE.

UN HOMME EST SEUL, ASSIS PAR TERRE DANS UN APPARTEMENT SANS MEUBLES.

FLASHBACK AU RALENTI (NOIR ET BLANC) : ON VOIT LES HUISSIERS QUI SONT VENUS SAISIR TOUT CE QU'IL POSSÉDAIT, ON VOIT UNE SCÈNE DE MÉNAGE AVEC SA FEMME QUI S'EN VA EN CLAQUANT LA PORTE, ON COMPREND QU'IL N'A PLUS RIEN.

SOUDAIN ON REVIENT SUR LUI QUI JETTE UN REGARD DÉSESPÉRÉ À LA CAMÉRA.

UNE VOIX OFF L'APOSTROPHE : « VOTRE FEMME VOUS A QUITTÉ ? VOUS N'AVEZ PLUS UN EURO ? VOUS ÊTES MOCHE ET CON ? TOUT PEUT S'ARRANGER EN UN RIEN DE TEMPS. »

L'HOMME EST INTÉRESSÉ PAR LA VOIX QU'IL VIENT D'ENTENDRE. IL HOCHE LA TÊTE D'UN AIR DÉPRIMÉ. BRUSQUEMENT IL SORT UN REVOLVER DE SA POCHE ET EN POINTE LE CANON SUR SA TEMPE.

LA VOIX OFF POURSUIT : « MOURIR, C'EST ÊTRE LIBRE, COMME AVANT D'ÊTRE NÉ. »

L'HOMME SE TIRE UNE BALLE DANS LA TÊTE. SON CRÂNE EXPLOSE, SA CERVELLE ÉCLABOUSSE LES MURS. MAIS IL N'EST PAS TOUT À FAIT MORT. ALLONGÉ PAR TERRE, IL TREMBLOTE, LE VISAGE COUVERT DE SANG. LA CAMÉRA S'APPROCHE DE SA BOUCHE. IL MURMURE :

« — MERCI LA MORT. »

IL CESSE DE REMUER, LES YEUX OUVERTS, FIXANT LE PLAFOND.

LA VOIX OFF CONCLUT SUR UN TON COMPLICE : « TUTOIE LA MORT : TUE-TOI ! LE SUICIDE PERMET

*D'INTERROMPRE LA VIE ET SES NOMBREUX SOU-
CIS !* »

Signature avec logo de la FFSP :

« *PLUS DE TRACAS : LA MORT EST UN RÉSUL-
TAT* » suivie de la mention légale :

« *CE MESSAGE VOUS ÉTAIT OFFERT PAR LA
FÉDÉRATION FRANÇAISE POUR UN SUICIDE PAISI-
BLE (FFSP).* »

AUTRES SIGNATURES POSSIBLES :

« *LA MORT EST À LA MODE* »

« *PAS DE VIE, LA MORT D'ABORD* »

« *LA VIE ? LAISSE-LA À TES AMIS* ».

(Projet inédit, rédigé en prison.)

VI

Ils

« J'ai dit "Non, y aura pas d'endroits
merveilleux où aller quand j'aurai fini
mes études et tout. Ouvre tes oreilles.
Ce sera entièrement différent. Faudra
qu'on descende par l'ascenseur avec des
valises et tout. Faudra qu'on téléphone
à tout le monde et qu'on dise au revoir
et qu'on envoie des cartes postales des
hôtels où on logera et tout. Et je travail-
lerai dans un bureau, je gagnerai plein
de fric, j'irai au boulot en taxi ou bien en
prenant le bus dans Madison Avenue, et
je lirai les journaux, et je jouerai tout le
temps au bridge, et j'irai au ciné voir
plein de courts métrages idiots et 'Pro-
chainement sur cet écran' et 'les Actualités'. Les Actualités. Putain. Il y a toujours une foutue course de chevaux, et
une bonne femme qui casse une bouteille au-dessus d'un bateau, et un chim-
panzé affublé d'un pantalon qui fait de
la bicyclette. Ce sera pas du tout pareil.
Tu vois ce que je veux dire". »

J.D. SALINGER,
L'Attrape-Cœurs, 1951.

1

Ils ne sont pas morts : ils sont sur une île. Ils respirent et gambadent. Marc Marronnier et Sophie sont ridicules et s'en moquent. Il faut blâmer la joie, c'est sa faute à elle. Ils vivent dans l'eau. Ils finissent par s'aimer, car à force de faire l'amour, on finit par y mêler des sentiments. Ils ont quitté le Sénégal pour une petite cabane sans télé, ni radio, ni discothèque, ni air conditionné, ni cannettes de bière, ni rien d'autre qu'eux. Ils font griller le poisson des pêcheurs du village avec du riz de coco, se pochetronnant au ti punch sous les nuages blancs. Au Sénégal, ils n'ont croisé personne sur la plage, sauf un gentil Américain. Ils vont très bien, merci, ils ont fui, ils ont gagné. Ils se marrent doucement. C'est l'Américain qui les a tués.

Les jeunes qui brûlent les voitures ont tout compris de la société. Ils ne les brûlent pas parce qu'ils ne peuvent pas les avoir : ils les brûlent pour ne pas les vouloir.

Qu'ils sont adorables. Marc et Sophie méritent leurs prénoms de sitcom.

Ghost Island, dans l'archipel des Caïmans. Comment ont-ils atterri là-bas ? L'Américain s'appelait Mike mais son nom n'a pas d'importance, d'ailleurs c'est probablement une fausse identité. Avec son visage buriné, il ressemblait au photographe Peter Beard. Il s'est présenté comme un ancien agent du FBI à la retraite. Ils ont sympathisé avec lui sur la plage du Savana à Saly. Après quelques bringues, ils lui ont raconté leur situation : les détournements de fonds de Marc, son licenciement proche, la grossesse de Sophie, leur envie de tout plaquer. Mike leur proposa un marché : disparaître à tout jamais. Se faire passer pour morts afin de prendre la fuite. Il connaissait bien la procédure, pour l'avoir utilisée pendant des années lorsqu'il était chargé au FBI du programme de reconversion des « repentis » de la Mafia. Toute son expérience professionnelle avait consisté à cacher d'anciens criminels, à leur faire reconstruire le visage, à changer leur identité et à les envoyer dans un endroit tenu secret. Et maintenant il a trouvé un truc pour arrondir coquettement ses fins de mois : faire profiter les particuliers de son art. Il n'a posé qu'une condition : ils ne doivent jamais revenir chez eux. Pour tuer Marc et Sophie, il n'a eu besoin que d'un mini-Polaroïd, de vrais passeports US, de tout un tas de tampons officiels, et c'est ainsi que Marc et Sophie devinrent Patrick et Caroline Burnham.

À un moment, quand on dit trop aux gens que leur vie n'a aucun sens, ils deviennent tous complètement fous, ils courent partout en poussant des cris, ils n'arrivent pas à accepter que leur existence n'a pas de but, quand on y réfléchit c'est assez inadmissible de se dire qu'on est là pour rien, pour mourir et c'est tout, pas étonnant que tout le monde devienne cinglé sur la terre.

En quoi consiste le bonheur ? C'est du sable blanc, du ciel bleu, de l'eau salée. « L'Eau, l'Air, la Vie », comme disait Perrier. Le bonheur c'est d'entrer dans une affiche Perrier, de devenir une publicité pour Pacific, avec la fameuse trace du pied nu sorti de la mer qui s'évapore instantanément sur le ponton brûlant. Marc et Sophie fabriquaient des pubs ; aujourd'hui Patrick et Caroline en sont devenus une. Ils ont choisi de finir leur vie dans une de leurs créations, de ressembler à un stéréotype bronzé, à une couverture de *Voici*, à une campagne Maigrelette, avec la véranda de teck sur fond exotique, une annonce Club Med avec sa jolie typo et un liséré blanc tout autour.

2

Script :

PATRICK EST ENCORE JEUNE ET BEAU. IL
CONDUIT UN HORS-BORD SUR LA MER. LE
RÔLE POURRA ÊTRE INTERPRÉTÉ PAR MARC
MARRONNIER. IL SAUTE DE SON BATEAU EN
MARCHE ET NAGE VERS LA PLAGE. UNE
RAVISSANTE FEMME MARCHE VERS LUI, UN
BEAU BÉBÉ SOURIANT DANS LES BRAS. IL
COURT VERS ELLE. MUSIQUE ÉMOUVANTE DE
GABRIEL YARED. LE RÔLE DE LA FILLE
POURRA ÊTRE INTERPRÉTÉ PAR SOPHIE, L'EX
D'OCTAVE. ILS SE SERRENT L'UN CONTRE
L'AUTRE EN LEVANT LEUR ENFANT VERS
LE CIEL IMMACULÉ. À CE MOMENT-LÀ, UN
HYDRAVION   PASSE   AU-DESSUS   D'EUX.
CONTRECHAMP SUR LEURS VISAGES QUI SE
METTENT À OUVRIR DE GRANDS YEUX ÉTON-
NÉS. LE BÉBÉ ÉCLATE DE RIRE. RETOUR SUR
L'AVION QUI S'AVÈRE ÊTRE UN CANADAIR ET
ON COMPREND POURQUOI LEURS VISAGES SE
SONT ÉCLAIRÉS : L'AVION VIRE SUR SON AILE

276

ET LARGUE SUR EUX CINQUANTE TONNES
DE CONFETTIS MULTICOLORES. LA MUSIQUE
ENVAHIT L'ESPACE (MONTER LE SON EN POST-
PROD). RALENTI, TRAVELLING ARRIÈRE SUR
LA PLAGE PUIS PLAN-SÉQUENCE EN PLONGÉE
À LA LOUMA. LE SPECTATEUR DOIT PLEU-
RER TOUTES LES LARMES DE SON CORPS EN
VISIONNANT CET INSTANT DE PURE BEAUTÉ :
LE COUPLE UNI, LE DÉCOR PARFAIT, LE BÉBÉ
INNOCENT, LA PLUIE DE CONFETTIS ROUGES,
BLEUS, JAUNES, VERTS ET BLANCS. ON VOIT
QU'ILS SONT SUR UNE ÎLE DÉSERTE, ENTOU-
RÉS DE COCOTIERS ET DE SABLE BLANC.

SIGNATURE (au choix) :

LE BONHEUR C'EST L'ÉCHEC DU MALHEUR.

LE BONHEUR NE REND PAS MALHEUREUX.

LE BONHEUR N'APPARTIENT PAS QU'À NES-
TLÉ.

ÊTRE HEUREUX C'EST MIEUX QUE RIEN, LE
BONHEUR C'EST PLUS QUE BIEN.

3

Qu'ils sont parfaits. Ils s'aiment sur une île plate et privée, dans l'archipel des Caïmans. Ghost Island ne figure sur aucune carte géographique. Les journées s'y passent à regarder le ciel et la mer et un enfant qui sourit en regardant le ciel et sa mère. Les arbres n'ont pas de marque : il n'y a pas de logo « cocotier » collé dessus. Caroline et Patrick ont trouvé une porte de sortie — écouter le silence, de préférence allongés dans un hamac.

— Ce n'est pas moi qui m'occupe de ma fille, dit Caroline, c'est ma fille qui s'occupe de moi.

Ils ont confiance dans ce monde parce qu'ils croient en être sortis. Les choses de ce monde sont moins fortes que la vie de ce monde. Ils savent enfin ce que c'est qu'aimer. Ils regardent leur fille, se regardent entre eux, puis recommencent, indéfiniment. Le bébé contemple les pélicans. Ils ne font rien d'autre pendant des heures, des jours, des semaines. De quoi attraper un sacré torticolis et

tous ceux qui n'ont pas connu cela sont fortement
à plaindre.

— *Je suis parti parce que j'ai tout fait.*
— *Qu'est-ce que tu dis ?*
— *Je suis parti parce que j'étouffais.*

Quelque part sur l'eau des Caraïbes, entre Cuba
et le Honduras, Dieu a saupoudré les îles Caïmans.
On y atterrit en petit avion. La piste de l'aéroport
de Little Cayman traverse sa seule et unique route.
Le village compte 110 habitants, sans compter les
iguanes. À Grand Cayman, on dénombre 600 éta-
blissements financiers avec comptes à numéros.
Les Caïmans sont une colonie britannique dotée
d'un gouvernement indépendant et de 35 000
entreprises off-shore inscrites à son registre du
commerce. Pour accéder à Ghost Island, il faut
embarquer sur un taxi-pirogue secret (Mike les a
accompagnés).

Ils s'y sentiront bien. D'ailleurs ils sentent déjà
bon : noix de coco, rhum vanille, miel, épices, air
salin, Obsession de Calvin Klein, ganja et pluies
en fin de journée. Odeurs des fleurs et de la sueur.

— *Je bois ta bouche, je lèche tes dents, je suce ta*
langue. J'aspire tes soupirs et j'avale tes cris.

Contre un million d'euros en espèces, Mike a
tout organisé : le rapatriement à Paris des cendres
factices, l'e-mail d'adieu de Sophie, le virement des

fonds récupérés en Suisse... Il avait l'habitude d'envoyer des clients à l'Escape Complex Castaneda, l'hôtel où il fait beau toute l'année. Un ensemble de bungalows en palissandre, filao et teck, caché au milieu d'une forêt d'hibiscus et de frangipaniers.

Ils sont installés dans une petite case de roseaux, une paillote sur pilotis au-dessus d'un lagon céruléen. Chaque soir, ils croisent les autres faux morts de l'île : les chanteurs Claude François (62 ans) et Elvis Presley (66 ans) écoutent le petit Kurt Cobain (34 ans) composer des chansons country avec Jimi Hendrix (59 ans) ; l'ancien Premier ministre Pierre Bérégovoy (76 ans) devise avec François de Grossouvre (81 ans) ; l'écrivain Romain Gary (87 ans) déambule main dans la main avec son épouse Jean Seberg (63 ans) ; le publicitaire Philippe Michel (61 ans) joue au tennis avec Michel Berger (54 ans) ; Arnaud de Rosnay (55 ans) donne des cours de windsurf à Alain Colas (58 ans) ; John-John Kennedy (41 ans) se promène bras dessus bras dessous avec son père John Fitzgerald Kennedy (84 ans) et l'actrice Marilyn Monroe (75 ans).

Tandis que la brise légère transforme les palmiers en éventails géants, Patrick et Caroline partagent une orangeade avec Serge Gainsbourg (73 ans) et Antoine Blondin (79 ans), qui vivent ensemble de l'autre côté de l'île dans une hutte en bambou et toit de palme avec Klaus Kinski

(75 ans) et Charles Bukowski (81 ans). Cofondateur (avec Pablo Escobar, aujourd'hui décédé) de
l'Escape Complex qui porte son nom, l'écrivain
psychédélique Carlos Castaneda (environ 61 ans)
bouffe son peyotl avec Jean Eustache (63 ans), tout
en consultant les plus-values boursières du capital
de Ghost Island. L'île secrète est en effet autofi-
nancée par les intérêts des capitaux versés par tous
ses habitants (le ticket d'entrée étant fixé à 3 millions d'US dollars). Une équipe de médecins transgéniques et de chirurgiens bioniques se débrouille
pour prolonger l'existence de tous les îliens jusqu'à
environ 120 ans. Tous les habitants de Ghost sont
officiellement décédés aux yeux du monde[1], mais
ce n'est pas une raison pour se laisser aller : les
interventions plastiques, greffes, liftings, implants
et injections de silicone sont gratuits, comme tout
le reste, d'ailleurs. C'est pourquoi Romy Schneider
ne fait pas du tout ses 63 ans, quand elle discute
cinoche avec Maurice Ronet, son camarade de *La
Piscine*, qui en a 74, ou plaisante avec Coluche, âgé
de 57 ans.

Il y a aussi Diana Spencer et Dodi Al-Fayed,
respectivement âgés de 40 et 46 ans, et leurs
enfants.

Ils coulent des jours paisibles dans cette maison
de retraite pour milliardaires, où la télévision, le

---

1. À trois exceptions près : Paul McCartney (le vrai) et Guy
Bedos (le drôle) habitent depuis dix ans sur Ghost Island et
se sont fait remplacer par des sosies dans le « monde réel »,
tout comme le romancier britannique Salman Rushdie.

téléphone, Internet et tout autre mode de communication externe sont rigoureusement interdits. Seuls les livres et disques numériques sont autorisés : chaque mois, les écrans plasma installés dans les bungalows sont automatiquement téléchargés avec les 10 000 principales nouveautés mondiales dans le domaine littéraire, musical et cinématographique. Des enfants prostitués des deux sexes (loués à l'année) offrent à chacun et chacune des insulaires de satisfaire la moindre de leurs envies érotiques.

Oui, quand on y pense deux minutes, ce qu'ils veulent nous faire avaler, à savoir qu'il n'y a rien d'autre et que nous sommes là par hasard, est à peu près aussi dingue que de nous fourguer un dieu barbu entouré d'anges, et le déluge, l'arche de Noé et Adam et Ève sont aussi absurdes à croire que le big bang et les dinosaures.

Patrick et Caroline boivent devant la mer turquoise. Ils avalent un jus d'ananas sous les lianes des palétuviers, au milieu des papillons grands comme la main. Toutes les drogues existantes sont déposées chaque matin sur leur paillasson dans une jolie valise Hermès. Mais ils ne les consomment pas toujours ; il peut même leur arriver de rester plusieurs jours sans se défoncer, ni partouzer, ni torturer les esclaves. Caroline a accouché dans la clinique ultra-moderne de Ghost Island, baptisée « Hôpital Hemingway » (clin d'œil à la fausse mort de l'écrivain américain au Kenya, en 1954).

Bientôt les pays seront remplacés par des entreprises. On ne sera plus citoyen d'une nation mais on habitera des marques : on vivra en Microsoftie ou à Mcdonaldland ; on sera Calvin Kleinien ou Pradais.

Ils sont habillés de lin écru. Ils sont débarrassés de la mort, donc du temps. Plus personne, dans le reste du monde, ne mise sur eux. Ils font donc l'apprentissage de la liberté, comme Jésus-Christ quand il est sorti de son tombeau, trois jours après son supplice, et qu'il lui fallut se rendre à l'évidence : même la mort est éphémère, seul le paradis dure longtemps. Ils regardent leur fille gazouiller avec sa nounou. Elle surveille les singes du regard, et méprise les paons. Caroline est belle, donc Patrick est heureux. Patrick est heureux, donc Caroline est belle. Une éternité au rythme du ressac. Ils mangent des bichiques (grillades de poissons qui ont bon goût), des acras de morue et des langoustes à la vanille entre les balisiers rouge et or. Leurs seuls vêtements ? Des chemises ouvertes sur des shorts de surf. Leur principal souci ? Ne pas trop se brûler la plante des pieds sur le sable blanc. Leur préoccupation du moment ? Prendre une douche pour se dessaler la peau. Leur unique angoisse ? Faire attention en se baignant, car il existe des courants qui pourraient les emmener vers le large et les tuer pour de vrai.

4

Quand ils sont entrés dans le box des accusés, le président du tribunal a dit à la salle de s'asseoir et à Charlie et Octave de se lever mais ils ont baissé la tête. Les policiers de faction leur ont ôté les menottes. On se serait cru dans une église : les codes, les rites solennels, les robes, il n'y a pas une grande différence entre un palais de justice et une messe à Notre-Dame. À une exception près : ils ne seraient pas pardonnés. Octave et Charlie n'étaient pas fiers mais heureux que Tamara s'en soit sortie. Le procès étant public, toute la profession était présente à la cour d'assises : les mêmes qu'à l'enterrement de Marronnier. Derrière la vitre sale de leur box, ils pouvaient les voir, et comprendre que tout allait continuer sans eux. Ils en ont pris pour dix ans mais n'ont pas de raison de se plaindre (heureusement que la justice française a refusé de les extrader : si on les avait jugés en Amérique, ils auraient été grillés comme des saucisses sur un barbecue dans un film Herta).

... MICROSOFT. JUSQU'OÙ IREZ-VOUS ? Je souris en voyant ça à la télé suspendue au plafond de ma cellule. C'est si loin maintenant. Ils continuent comme avant. Ils vont continuer longtemps. Ils chantent, ils rient, ils dansent aux éclats. Sans moi. Je tousse tout le temps. J'ai chopé la tuberculose. (La maladie est en pleine recrudescence, en particulier dans les milieux carcéraux.)

Tout est provisoire et tout s'achète, sauf Octave. Car je me suis racheté ici, dans ma prison pourrie. Ils m'ont autorisé (contre menue monnaie) à regarder la télé dans ma cellule. Gens qui mangent. Gens qui consomment des choses. Gens qui conduisent des voitures. Gens qui s'aiment. Gens qui se prennent en photo. Gens qui voyagent. Gens qui croient que tout est encore possible. Gens qui sont heureux mais n'en profitent pas. Gens qui sont malheureux mais ne font rien pour y remédier. Toutes ces choses que les gens inventent pour ne pas être seuls. « Les gens heureux me font chier », disait le Gros Dégueulasse de Reiser. Les gens heureux (par exemple, ce type à lunettes que j'aperçois par la fenêtre de ma taule, à un arrêt d'autobus, qui serre la main d'une douce rouquine entre les siennes sous la bruine), les « happy few », dis-je, ne me font pas chier mais pleurer de rage, de jalousie, d'admiration, d'impuissance.

J'imagine Sophie sous la lune, avec de la buée sur les seins, et Marc qui lui caresse l'intérieur du coude, à cet endroit si doux qu'il en devient translucide malgré le bronzage. Les étoiles se reflètent sur ses épaules moites. Un jour, quand je crèverai, j'irai les retrouver, loin, très loin, sur une île pour pisser du sperme avec mon gland sur la langue de la mère de mon enfant. Et quand le soleil se couchera à l'horizon, je le verrai. Je le vois déjà sur une reproduction d'un tableau de Gauguin, du fond de ma cellule chlinguant la pisse. Je ne sais pas pourquoi j'ai découpé ce tableau, *La Pirogue*, dans un magazine, pour l'afficher au-dessus de mon plumard. Il m'obsède. Je croyais que j'avais peur de la mort alors que j'avais peur de la vie.

Ils veulent me séparer de ma fille. Ils ont tout fait pour que je ne voie pas tes yeux si grands. Entre deux quintes de toux, j'ai tout le temps de les imaginer. Deux grands ronds noirs qui découvrent la vie. Les sadiques, ils diffusent à la télé la pub Évian avec les bébés qui se prennent pour Esther Williams. Ils nagent synchronisés sur « Bye-Bye Baby ». Ils tuent mes poumons flétris. Deux yeux pétillants au milieu d'une tête rose. Ils m'empêchent d'en profiter. Sa bouche entre les joues rondes. Minuscules mains agrippées à mon menton qui tremble. Sentir son cou au lait. Fourrer mon nez dans ses oreilles. Ils ne m'ont pas laissé essuyer ton caca. Ils ne m'ont pas laissé sécher tes larmes. Ils ne m'ont pas laissé te souhaiter la bienvenue. En se tuant, elle t'a assassinée.

Ils m'ont privé de ma fille qui dort recroquevillée et se griffe les joues, respire vite puis bâille un peu et se met à respirer plus lentement, ses mini-coudes et genoux miniatures repliés sous elle, mon bébé aux longs cils recourbés de vamp, à la bouche grenat et au visage pâle, lolita dont on voit les vaisseaux sanguins à travers les tempes et les paupières, ils m'ont empêché de connaître son rire qui éclate quand on lui chatouille le nez, ses oreilles nacrées comme des coquillages, ils m'ont défendu de savoir que Chloë m'attendait à l'autre bout du rouleau. Et si c'était elle que je cherchais en courant après toutes ces filles ? Cette nuque duveteuse, ces yeux noirs perçants, ces sourcils dessinés, ces traits délicats, je les ai tant aimés chez les autres filles parce qu'ils m'annonçaient la mienne. Si j'aimais tant le cachemire c'était pour m'habituer à ta peau. Si je sortais tous les soirs c'était pour m'habituer à tes horaires.

Eh ! Et si en réalité ce n'était pas moi qui étais en prison, mais mon sosie clochard à la place, le SDF de ma rue, si c'était lui qui croupissait dans cette cellule merdique, tandis que moi je serais parti, vous m'entendez, PARTI. J'aurais échangé ma place contre la sienne et il pourrait s'estimer heureux : logé et nourri tandis que moi je serais libre à l'autre bout du monde. Tout le monde en sortirait gagnant. Mais je perds la boule. J'ai les poumons détruits.

J'ai fini mon livre qui coûte 6 € en Folio. C'est con, je venais de trouver la meilleure signature pour Maigrelette : « NE SOYEZ PAS BEAU ET CON À LA FOIS. » Il suffisait de racheter les droits audio de la chanson de Jacques Brel et de sampler le passage où il beugle « BEAU ET CON À LA

FOIIIIIS ». En le collant après la voix off, cela donnait : « MAIGRELETTE. NE SOYEZ PAS... BEAU ET CON À LA FOIIIIIS. » On aurait vraiment cartonné. Quel gâchis.

Avec ses barreaux, l'unique fenêtre de ma cellule ressemble à un code-barre.

À la télé ils retransmettent le concert des Enfoirés : Jean-Jacques Goldman, Francis Cabrel, Zazie et les autres reprennent en chœur « Emmène-moi au bout de la terre/Emmène-moi au pays des merveilles/Il me semble que la misère/serait moins pénible au soleil ».

Et tous ces assassins qui crient toute la journée à l'étage, qui gémissent, qui geignent, ils finissent par me saper le moral à la fin. Z'avaient qu'à y réfléchir à deux fois avant de zigouiller des gens. Charlie on l'a retrouvé hier baignant dans une mare de sang, il s'était ouvert les poignets avec une boîte de sardines Saupiquet. Ce fou s'est débrouillé pour filmer son geste avec une webcam clandestine et retransmettre la scène sur le Net en direct live. L'essentiel c'est qu'ils n'ont pas retrouvé Tamara, je suis content qu'elle s'en soit tirée, ils auront tout bousillé sauf ça.

Et moi sur le mur de ma cellule VIP (je suis tout seul, j'ai la télé et des bouquins, ça peut aller, même si ça pue la pisse et si je crache mes poumons), j'ai scotché *La Pirogue* de Gauguin, tableau qui date de 1896. Il fait partie de la collection de Sergueï Chtchoukine exposée à l'Ermitage de Saint-Pétersbourg. Je tousse devant cette image toute la journée : un homme, sa femme, leur enfant, calmement alanguis autour de leur pirogue, sur une plage polynésienne.

Dans l'une des dernières lettres de sa vie, Gauguin a écrit : « Je suis un sauvage. »

Il me suffit de penser que je ne suis pas en prison mais délivré du monde. Les moines aussi vivent dans des cellules.

Je regarde *La Pirogue*, cette scène idyllique, ce couple et leur petit bébé, et à l'arrière-plan Gauguin a peint un coucher de soleil rouge vif, on dirait un champignon atomique, et je nage vers eux, je saute dans la pirogue, je vais les rejoindre sur leur île, ils vont m'aimer, je crawle vers la plage, je croise les poissons-lunes, les raies mantas caressent mes paumes, je vais les retrouver, nous ferons l'amour tous ensemble, Tamara avec Sophie, Duler avec Marronnier, je vais tout surmonter, ils ont échappé à la société, nous formerons une famille nouvelle, on baisera à quatre, et je mangerai les pieds de Chloë, si petite qu'elle tient dans une seule main, tu verras, je vais les rejoindre dans l'île fantôme, vous le croyez, ça, oui, c'est clair que j'ai pété les plombs, et je nage sous la mer, je bois la tasse, je me sens si bien, et le coucher de soleil de Gauguin ressemble vraiment à une explosion nucléaire.

5

Sur Ghost Island, quelques mois ont passé. Ils en ont marre d'être morts. Il leur semble que la misère est bien plus pénible au soleil. Ils souffrent de bien-nutrition. Ils végètent au milieu des végétaux. Quand ils sont en forme, ils vont se mêler aux grappes humaines : River Phoenix se fait sucer par Caroline pendant que Patrick sodomise Ayrton Senna ; tout ce petit monde se baise, s'encule, taille des pipes, lèche du sperme, s'astique le clitoris, pompe des bites, éjacule sur des visages, s'attache la chatte, se fouette les seins, se pisse dessus, se gouine et se branle dans la joie et la décontraction.

Mais au bout d'un certain temps, on en a marre des plans à dix-sept. Alors on perfectionne son tennis, on fait de la pêche sous-marine au large de l'atoll, un tour de Riva dans la baie, du ping-pong sous un parasol géant, des parties de pétanque en string, des batailles de Dom Pérignon, et même, tenez, pas plus tard que ce soir, Caroline a repassé elle-même les tee-shirts de Patrick, et il était tout ému qu'elle réclame une planche à repasser au lieu de sonner les femmes de chambre, il ne pensait pas être aussi touché, connaître à nouveau toute cette simplicité. Souvent, ils se relaxent aussi dans des caissons d'isolation sensorielle, ou sur des matelas à eau bouillonnante, entre deux massages aromathérapiques et séances de shiatsu.

Pas d'alternative au monde actuel.

L'azur, l'azur, l'azur, l'azur, ils ont une overdose d'azur, une indigestion de paradis, allongés sur leurs transats ou leurs fauteuils en rotin genre *Emmanuelle* qui grattent les fesses, au bord d'une piscine où barbottent Mona, Tania et Lola, les nymphettes rémunérées dont trois éphèbes glabres se partagent mollement les orifices rasés. Ils sont ventripotents. Ils se sont trop goinfrés, leur ventre pend au-dessus de leur bermuda qui se tient à carreaux. La bidoche trahit les profiteurs. Regarde-les, ces imbéciles heureux que leur lâcheté a rendu alcooliques : une épaisse couche de gras recouvre leurs traits satisfaits. Ils dansent la lambada en toute impunité. Ils ont fui les hommes, moins importants pour eux que les fleurs et les rivières qui se déversent dans la mer. Ils écoutent du reggae californien. Ils sont repus de truffes et de caviar. Gros comme leur bébé. Caroline pouponne, Patrick jardine, bébé babille. Le bonheur donne la gueule de bois.

En 1998, chaque ménage français a dépensé en moyenne 640 francs par semaine pour son alimen-

tation. Coca-Cola vend un million de cannettes par
heure dans le monde. Il y a vingt millions de sans-
emploi en Europe.

Ils voudraient des journaux, des télés, de l'agitation : ils n'ont que la torpeur tiède des jours qui se ressemblent.

Barbie vend deux poupées par seconde sur terre.
2,8 milliards d'habitants de la planète vivent avec
moins de deux dollars par jour. 70 % des habitants
de la planète n'a pas le téléphone et 50 % pas l'élec-
tricité. Le budget mondial des dépenses militaires
dépasse 4 000 milliards de dollars, soit deux fois le
montant de la dette extérieure des pays en voie de
développement.

Caroline commence à trouver horrible d'élever sa fille dans cette secte blasée.
— Elle ne pourra jamais partir d'ici ? Elle a besoin de pollution, de bruits, de pots d'échappement !
Patrick déprime dans la bambouseraie. Même le clapotis des vagues ne berce plus personne. Les heures glissent sur eux. Ils se saoulent de cocktails multicolores, ils ont tout le temps mal au crâne. Le vent salé donne la migraine. La mer miroitante se répète. L'océan gâtifie.

La fortune personnelle de Bill Gâtes équivaut au
PIB du Portugal. Celle de Claudia Schiffer est esti-
mée à plus de 30 millions d'euros. 250 millions

d'enfants dans le monde travaillent pour quelques centimes de l'heure.

Revenir, là-bas revenir ! Je sens que les oiseaux ont la migraine... Patrick a des idées d'affiches, des concepts plein la tête, et ça défile, ça défile, il se souvient. POUR LES MECS QUI AIMENT LES MECS QUI AIMENT LES PUTES QUI AIMENT LA COKE QUI AIME LE FRIC.

Pas d'alternative au monde actuel.

Ils se marient, divorcent, se remarient, font des enfants, ne s'en occupent pas, mais élèvent ceux des autres, et d'autres élèvent les leurs. *Tous les jours, les 200 plus grandes fortunes du monde grossissent de 500 dollars par seconde.* L'aube est un coucher de soleil en auto-reverse. Le crépuscule une aurore rembobinée. Dans les deux cas, c'est rouge, et dure trop longtemps. *On estime que 25 % de toutes les espèces animales pourraient être rayées de la surface du globe avant 2025.* À la fin des contes de fées, on lit toujours la même formule : « Ils vécurent heureux et eurent beaucoup d'enfants. » Point final. On ne nous dit jamais ce qui se passe après : le prince charmant n'est pas le père de ses enfants, il se met à picoler, puis quitte la princesse pour une femme plus jeune, la princesse fait quinze ans d'analyse, ses enfants se droguent, l'aîné se suicide, le cadet se prostitue dans les jardins du Trocadéro.

Patrick et Caroline passent leurs journées à attendre le soir, et leurs nuits à attendre le matin. Bientôt, quand ils feront l'amour, ce ne sera plus pour le plaisir mais pour avoir la paix pendant huit jours. Toutes ces criques cristallines, ces lagons cernés par une barrière de corail, ne servent qu'à les enfermer dans du bleu. Leur cabane en pierre de corail et bois de mangrove est surtout clôturée d'eau. Cette île est un château hanté. Des journées entières à effeuiller les marguerites : « je t'aime, plus du tout, plus beaucoup, pas tellement, pas tant que ça, moins qu'hier, plus que demain. » *La fin du monde aura lieu dans cinq milliards d'années, et quand le soleil éclatera, la Terre sera brûlée comme une pomme de pin par un lance-flammes.* Le soleil filtre à travers les feuilles de palmes séchées. Le soleil est un compte à rebours jaune. *Le chiffre d'affaires de General Motors (168 milliards de dollars) équivaut au PIB du Danemark.* La lune en plein jour, les pieds dans l'eau, le clapotis tiède, la brise écœurante, l'odeur des bougainvillées, des bouquets de jacarandas, c'est à gerber de fleurs puantes comme un Stick-Up d'Airwick.

6

Mais vient un jour où le ciel se couvre ; et voici
que Patrick se laisse entraîner par un courant qui
le porte ; et il regarde la côte s'éloigner ; au loin,
sur la plage, Caroline l'appelle mais il ne peut lui
répondre car il a la bouche pleine d'eau salée ; il
fait la planche, emmené au large dans la mer de
plus en plus sombre, d'un bleu de plus en plus
profond ; se laisser porter ; devenir un morceau de
bois ; une bouteille à la mer qui ne contient aucun
message ; et au-dessus de lui il y a les oiseaux et
au-dessous de lui il y a les poissons ; il croise les
requins de sable, les dorades, les dauphins ; les
raies mantas caressent ses paumes ; et dans le cerveau de Patrick c'est la débandade ; il nage sous
la mer ; il boit la tasse ; il se sent si bien ; « et dès
lors je me suis baigné dans le Poème de la Mer »
(Rimbaud) ; de toute façon je suis déjà mort et
enterré ; dispersez-moi entre deux eaux ; soudain
il se met à pleuvoir une douche brûlante qui pique
mon visage ; et le soleil rougit ; ne plus passer entre
les gouttes de verre pilé ; ne plus conjuguer les
verbes ; je tu il nous vous ils ; devenir infinitif ;

comme dans un mode d'emploi ou une recette de cuisine ; sombrer ; traverser le miroir ; enfin se reposer ; faire partie des éléments ; des ocres propres aux rayons pourpres ; rien n'existait avant le big bang et rien ne subsistera après l'explosion du soleil ; le ciel vire au rouge sang ; boire des larmes de rosée ; le sel de tes yeux ; leur bleu rigoureux ; tomber ; faire partie de la mer ; devenir l'éternité ; une minute sans respirer, puis deux, puis trois ; une heure sans respirer, puis deux, puis trois ; dans cinq milliards d'années, c'est la mer allée avec le soleil ; une nuit sans respirer, puis deux, puis trois ; rejoindre la paix ; « tu es plus beau que la nuit, réponds-moi, océan, veux-tu être mon frère ? » (Lautréamont) ; flotter comme un nénuphar à la surface ; surfer sur du creux ; rester immobile ; les poumons gorgés d'eau ; âme aquatique ; partir pour de bon ; cinq milliards d'années avant : rien ; cinq milliards d'années après : rien ; l'homme est un accident dans le vide intersidéral ; pour arrêter de mourir il suffit d'arrêter de vivre ; perdre le contact ; devenir un sous-marin nucléaire caché au fond des océans ; ne plus rien peser ; crawler entre les anges et les sirènes ; nager dans le ciel ; voler dans la mer ; tout est consommé ; au commencement était le Verbe ; on dit qu'au moment de mourir on voit sa vie défiler mais Patrick, lui, revoit autre chose CARTE NOIRE UN CAFÉ NOMMÉ DÉSIR J'EN AI RÊVÉ SONY L'A FAIT GAP TOUT LE MONDE EN CUIR SNCF LE PROGRÈS NE VAUT QUE S'IL EST PARTAGÉ PAR TOUS FRANCE TELECOM BIENVENUE DANS LA VIE.COM EDF NOUS VOUS DEVONS

BIEN PLUS QUE LA LUMIÈRE RENAULT SCÉNIC À NE PAS CONFONDRE AVEC UNE VOITURE ROCHE BOBOIS LA VRAIE VIE COMMENCE À L'INTÉRIEUR NISSAN MADE IN QUALITÉ SOCIÉTÉ GÉNÉRALE CONJUGUONS NOS TALENTS SFR LE MONDE SANS FIL CRÉDIT LYONNAIS NOUS VOUS DEVIONS UNE NOU-VELLE BANQUE VOUS N'IMAGINEZ PAS TOUT CE QUE CITROËN PEUT FAIRE POUR VOUS CAR-REFOUR PARCE QU'ON SE CONSTRUIT CHAQUE JOUR NESTLÉ C'EST FORT EN CHOCOLAT BNP PARLONS D'AVENIR NOKIA CONNECTING PEO-PLE NIVEA LA PLUS BELLE FAÇON D'ÊTRE MOI ADECCO ÇA NE CHANGE PAS LE MONDE MAIS ÇA Y CONTRIBUE L'ORÉAL PARCE QUE JE LE VAUX BIEN AUTANT D'ATOUTS C'EST UNE DAE-WOO CHARLES GERVAIS IL EST ODIEUX MAIS C'EST DIVIN SELF TRADE ET SI LA BOURSE PROFITAIT À TOUS ON DEVRAIT TOUS S'OF-FRIR UNE CLIOTHÉRAPIE MENNEN POUR NOUS LES HOMMES ERICSSON COMMUNIQUEZ L'ÉMOTION LA POSTE ON A TOUS À Y GAGNER MONOPRIX DANS VILLE IL Y A VIE TROIS SUIS-SES C'EST UNE CHANCE D'ÊTRE UNE FEMME LE BÂTON DE BERGER Y A PAS D'HEURE POUR EN MANGER WILLIAMS QUAND ON TIENT À SA PEAU MOBALPA ON EST LÀ POUR ÇA NOU-VELLE POLO VOUS AUREZ PEUT-ÊTRE DU MAL À LA RECONNAÎTRE SEGA C'EST PLUS FORT QUE TOI VOUS ENTREZ SUR LES TERRES DU CLAN CAMPBELL L'ABUS D'ALCOOL EST DAN-GEREUX POUR LA SANTÉ À CONSOMMER AVEC

MODÉRATION GILLETTE LA PERFECTION AU
MASCULIN DU LEERDAMMER OU JE FAIS UN
MALHEUR BELLE DE MINUIT DE NINA RICCI LA
NUIT TOMBE LES GARÇONS AUSSI MICHELIN
LES PLUS BELLES PERFORMANCES SONT CEL-
LES QUI DURENT VISA PREMIER IL N'Y A PAS
QUE L'ARGENT DANS LA VIE PENDANT QU'ON
REGARDE CANAL + AU MOINS ON N'EST PAS
DEVANT LA TÉLÉ ON DEVRAIT TOUJOURS
COMPARER SA VOITURE À UNE 306 LE PARISIEN
IL VAUT MIEUX L'AVOIR EN JOURNAL GALE-
RIES LAFAYETTE LA PLANÈTE DÉSIR ENTRE
DANS VOTRE VIE GAZ DE FRANCE ICI LÀ-BAS
POUR VOUS POUR DEMAIN LIBERTY SURF
ACCÉDEZ LIBREMENT AUX RICHESSES DE
DEMAIN CAROLL IL FAIT BEAU TOUS LES
JOURS ENJOY COCA-COLA FRAÎCHEUR DE
VIVRE HOLLYWOOD CHEWING-GUM WORLD
ON LINE FREEDOM OF MOVEMENT UNITED
COLORS OF BENETTON BARILLA ON EST TOUS
UN PEU ITALIEN QUELQUE PART RATP UN
BOUT DE CHEMIN ENSEMBLE TÉLÉ 2 POUR-
QUOI CONTINUER À TÉLÉPHONER TROP CHER
OENOBIOL TOUT MON CORPS RÊVE D'UNE
PEAU PLUS JEUNE IBM SOLUTIONS POUR UNE
PETITE PLANÈTE CLUB MED ÊTRE-RE PEU-
GEOT 206 ON PEUT ENCORE ÊTRE ÉMU À NOTRE
ÉPOQUE ADIDAS VOUS REND MEILLEUR TRO-
PICANA EN VOUS LA VIE S'ÉVEILLE HERMÈS
AN 2000 PREMIERS PAS DANS LE SIÈCLE
YOPLAIT C'EST TELLEMENT MEILLEUR QUAND
C'EST BON AIR FRANCE FAIRE DU CIEL LE PLUS

BEL ENDROIT DE LA TERRE GIVENCHY UN PEU
PLUS LOIN QUE L'INFINI RHÔNE POULENC
BIENVENUE DANS UN MONDE MEILLEUR

BIENVENUE DANS UN MONDE MEILLEUR

Paris, 1997-2000.
Conversion en euros : 2001

Ce roman est en cours de modélisation informatique.

Il constituera bientôt un programme de réalité virtuelle disponible sur CD-Rom compatible PC & iMac.

Vous pourrez alors le vivre.

La bande originale de *14,99 €* est disponible sur le site www.aprilfish.fr

Tamara était habillée par Stella McCartney pour Chloé.

Remerciements à Manuel Carcassonne, Jean-Paul Enthoven, Gabriel Gaultier, Thierry Gounaud, Michel Houellebecq, Pamela Le Moult, Pascal Manry, Vincent Ravalec, Stéphane Richard, Delphine Vallette.

Ce livre est aussi leur faute.

DU MÊME AUTEUR

Aux Éditions Gallimard

NOUVELLES SOUS ECSTASY, collection L'Infini, 1999 (Folio nº 3401).

Chez d'autres éditeurs

UN ROMAN FRANÇAIS, Grasset, 2009.

99 FRANCS LE MANUEL D'UTILISATION DE LA SOCIÉTÉ D'HYPERCONSOMMATION, avec Jan Kounen, Télémaque, 2007.

AU SECOURS, PARDON, *roman*, Grasset, 2007 et Livre de Poche, 2008.

L'ÉGOÏSTE ROMANTIQUE, *roman*, Grasset, 2005 (Folio nº 4429).

JE CROIS... MOI NON PLUS, dialogue avec monseigneur Di Falco, Calmann-Lévy, 2004 et Livre de Poche, 2005.

RESTER NORMAL À SAINT-TROPEZ t. 2, *bande dessinée*, avec Philippe Bertrand, Dargaud, 2004.

WINDOWS ON THE WORLD, *roman*, Grasset, 2003. Prix Interallié (Folio nº 4131).

RESTER NORMAL, *bande dessinée*, avec Philippe Bertrand, Dargaud, 2002.

DERNIER INVENTAIRE AVANT LIQUIDATION, *essai*, Grasset, 2001 (Folio n° 3823).

99 FRANCS (14,99 €), *roman*, Grasset, 2000 et 2002 (Folio n° 4062).

L'AMOUR DURE TROIS ANS, *roman*, Grasset, 1997 (Folio n° 3518).

VACANCES DANS LE COMA, *roman*, Grasset, 1994 et Livre de Poche, 1996.

MÉMOIRES D'UN JEUNE HOMME DÉRANGÉ, *roman*, La Table Ronde, 1990.

Composition IGS
Impression Novoprint
à Barcelone, le 3 novembre 2009
Dépôt légal: novembre 2009
1ᵉʳ dépôt légal dans la collection: mai 2004

ISBN 978-2-07-031573-4./Imprimé en Espagne.

173534